Vorwort des Herausgebers

Paula Jakwerth, geborene Sauter, kam am 11. Dezember 1916 in Türkheim zur Welt. Ihr Vater hatte ein Baugeschäft, eine Zimmerei und eine Landwirtschaft - aber keinen Sohn. So musste Paula immer auch Männerarbeit verrichten. Nach dem Krieg heiratete sie den Heimatvertriebenen Franz Jakwerth (1911 – 1982) und hatte drei Kinder. Sie starb am 29. November 2006 in Türkheim.

Vor einem Jahr bekam ich von der Tochter von Paula Jakwerth den „handschriftlichen Nachlass" ihrer Mutter. Ich tippte ihn ab. Paulas Gedichte stimmen zwar manchmal im Versmaß nicht, sie sind jedoch voller Lebensweisheiten. In ihren Erzählungen erinnert sie sich an Türkheim und erzählt von Türkheimern. Vieles hat sich seitdem verändert und vieles ist fast vergessen. Auch um diese Informationen zu retten werden hier nun Paula Jakwerths Erzählungen und Gedichte veröffentlicht.

Alois Epple, Herausgeber

Umschlagbild: Paula Sauter (verh. Jakwerth) auf der Römerschanze in Türkheim, 1938

Herstellung und Verlag:
BoD - Books on Demand, Norderstedt
ISBN 978-3-8370-9936-2

Nur ein Mädchen – Mein Leben[1]

Türkheim, Dezember 1995

Ich, Paula Jakwerth, geb. Sauter schreibe hier meine Lebensgeschichte nieder für meine Nachkommen.

Als zweite Tochter der Eheleute Georg und Anna Sauter erblickte ich am 11. Dezember 1916 in meinem Elternhause in Türkheim, Rosenstrasse 222 [heute Rosenstr. 4], das Licht der Welt.

Mein Vater war im Krieg. Er kaufte das Anwesen 1913 von einem Schneider Namens Roth.[2] Es war eine kleine Sölde mit ein paar Kühen und 43 Tagwerk Grund (Nuiba[3]) dabei. Vom Bleier kaufte er einen [Flur-]Streifen dazu, der es ihm ermöglichte, eine Durchfahrt und einen Holzplatz von der Rosenstrasse bis zum Bahngleis zu kriegen. Er [mein Vater] war Zimmermeister, wie sein Vater, hatte neun Geschwister, von denen drei im Kindesalter verstarben. Sein älterer Bruder Hans starb an einer galoppierenden Schwindsucht, die er sich beim Bau des Oberen Wertachwehres[4] geholt hatte. Die Mutter [von meinem Vater] war gerade wieder schwanger und da es wieder ein Bub war, taufte man ihn wieder Hans. Der Franz übernahm das elterliche Anwesen in der Kirchenstrasse[5]. Die anderen arbeiteten in Vaters

---

[1] Der größte Teil dieser „Memoiren" wurde veröffentlicht im Türkheimer Heimatblatt Nr. 29/30, 1997

[2] Patrizia Hintner: Die Geschichte von Türkheim – Hausnamen und Häusergeschichte, Türkheim 1992, S. 186. Danach kaufte der Darlehenskassenverein von Alois Roth 1911 und verkaufte es im gleichen Jahr, also schon 1911, an Georg Sauter.

[3] Flurnamen, liegt nordwestlich von Türkheim.

[4] Das erste Obere Wertachwehr wurde 1859/60 gebaut (Alois Epple, Türkheim im 19. Jahrhundert, Türkheim 2008, S. 53).

[5] Kirchenstrasse 18 (alte Hausnr.: 67). Patrizia Hintner: Die Geschichte von Türkheim – Hausnamen und Häusergeschichte, Türkheim 1992, S. 67.

päter gegründetem Geschäft. Schwestern waren Frau Seber, Metzgerei und Senzi in Kirchheim.

Mutter stammt aus Schwabmühlhausen und wuchs auf einem Bauernhof von 100 Tagwerk mit sieben Geschwistern, zwei Buben und fünf Mädchen, auf. Eine heiratete nach Hurlach, die Peppi, eine war in Schwabmühlhausen verheiratet, Tante Maria heiratete nach Greifenberg auf eine Gastwirtschaft mit Landwirtschaft und Ziegelei. Der Xaver übernahm den Hof und der Jakob und die Resi blieben ledig und pflegten ihre Eltern in dem Pfründehaus, wo auch eine kleine Landwirtschaft dabei war. Tante Walli ging mit der Mutter nach Türkheim, weil sie ja allein war im Krieg. Als Vater vom Krieg 1918 heim kam und meine Wenigkeit das erste Mal sah, fragte er. „Wie habt ihr denn das Mädle getauft?" „Paula!", da war Vater erschrocken. Sein Kommentar: „So heißt beim Hefeleschmied[6] der Hund." Wenn er da gewesen wäre, würde ich wahrscheinlich Leni heißen, wie seine Mutter. Nach mir kamen noch zwei Mädchen: Loni und Anni und endlich der lang ersehnte Bub. Der aber mit sechs Monaten an Magen- und Darmkatarrh starb. Meine Mutter konnte das Kind nicht stillen und zur damaligen Zeit gab es keine so gute Kindernahrung wie heute. Sie hatte dann noch eine Frühgeburt und danach war sie immer etwas kränklich. Ich kann mich noch erinnern an das kleine Särglein in der Stube auf dem Stuhl und wie wir den Wolfsgraben hinunter zum Friedhof gegangen sind, der Totengräber hat das kleine Särglein getragen. Danach wurde Mutter sehr krank.

Mutters Schwester, Tante Walli, war schon ein paar Jahre da, machte die Büroarbeit und stand der Mutter im Haushalt bei. Um diese Zeit war Mutter zum ersten Mal in Wörishofen zur Kur. Am Sonntag fuhr Vater mit den Pferden in der Chaise [kleine Kutsche] mit uns und Tante

---

[6] Die Höfele-Schniede war in der Kirchenstr. 20.

Walli nach Wörishofen. Dort entstand auch das erste Familienfoto.

Georg und Anna Sauter (sitzend) mit Kindern (Paula Jakwerth, rechts) 1922

Die Salamander Fabrik kaufte zur damaligen Zeit das hiesige Holzstoffschleifwerk Lehne.[7] Mein Vater kaufte die Dampfsäge und baute in der Rosenstrasse [4] ein Säg- und Hobelwerk. Der Vollgatter wurde durch ein Dampflokomobil angetrieben, das aber bald von einem großen Elektromotor abgelöst wurde. Eine große Halle für die Zimmerleute und eine kleine Schreinerei im Keller für Fenster, Türen, Treppen usw. kam noch dazu. Das Haus wurde umgebaut. Links von der Haustüre war der Stall, der wurde entfernt und das Büro untergebracht. Sein Bruder Josef war Zimmerpalier, Alois arbeitete als Zimmermann und der Hans war der Säger. So fing es an. Dann, als der Krieg ausbrach und Vater zwei Jahre an der Front war, wurden in der Säge nur für den Handel geschnitten, d.h. Bretter. Ein russischer Kriegsgefangener wurde meiner Mutter zugeteilt. Der fuhr mit zwei Ochsen das Langholz

---

[7] 1917 erwarb Jakob Sigle die Türkheimer Holzschleiferei Lehne. Alois Epple: Türkheim in unserem Jahrhundert, Türkheim 1990, S. 82.

heim. Nach dem Krieg, als Vater und seiner Brüder wieder daheim waren, baute Vater seinen Betrieb weiter aus. Baute nach der Tenne einen Kuhstall und Pferdestall für drei Pferde. Dann holte er, von daheim bei seiner Mutter die beste Kuh. Diese wurde die Stammmutter unseres späteren Viehbestands. Eine Magd hatte sie zu versorgen. Die ersten Pferde waren ein paar prachtvolle Rappen. Der Eduard, der Knecht, war acht Jahre, bis er geheiratet, bei uns. Um diese Zeit gab die Fabrik die dazugehörige Landwirtschaft auch auf.[8] Mein Vater kaufte sämtliches Inventar: Wägen usw. die beiden Pferde den Fritz und die Liesel, belgisches Kaltblut, auch der Knecht kam mit und war ebenfalls bis zu seiner Heirat bei uns. Vater kaufte auch immer wieder Grundstücke und baute wieder dran und drauf. Gegenüber dem Haus baute er ein Holzgebäude mit Altane für uns Kinder, Pferdestall, Keller, Baumateriallager, Kalkgruben und dergleichen. Bei der [Salamander] Fabrik kaufte er den oberen und den unteren Auteil[9]. Wenn man da [im Auteil] am heuen war mussten wir Kinder mit einer Staude den Pferden die Bremsen [blutsaugende Insekten] vom Leib halten, manchmal setzte uns Vater auf die Pferde, da hatten wir unsere liebe Not, die Füße auf den breiten Pferderücken an der Seite hinunter zu kriegen. An den Kummethörnlein mussten wir uns festhalten. Aber das Schönste war, wenn wir auf das gebaute Fuder hinaufgehievt wurden, zum Heimfahren mit der strikten Anweisung, in der Mitte beim Wiesbaum sitzen zu bleiben. Wenn dann drei Fuhren angehängt über die Wertachbrücke, die damals noch aus Eisen[10] war, und durch den Flecken fuhren, das war für

---

[8] Gemeint ist hier die Das Gut und die Fabrik Lehne, welche 1917 von Jakob Sigle gekauft wurde. Alois Epple: Türkheim in unserem Jahrhundert, Türkheim 1990, S. 82.

[9] Flurbezeichnung

[10] 1887 wurde diese Brücke aus Eisen gebaut und 1927 durch eine neue Brücke ersetzt. Alois Epple: Türkheim in unserem Jahrhundert, Türkheim 1990, S.94

mich ein Glückgefühl aus luftiger Höhe, wie es eben nur glückliche Kinder erleben können. Zuhause rutschten wir vom Fuder in Vaters Arme und die Küchle, die Strauben [süßes Backwerk] und der Most von der Mutter schmeckten herrlich. Ansonsten gingen wir brav in die Kinderschule bei Frau Alana und Frau Ludwiga. Unsere Magd hat uns im Winter mit dem Schlitten hinaufbefördert.[11]

Anna Sauter mit Kindern (von li.) Anni Geiger, Loni Sauter, Paula Jakwerth, Theresia Sauter, Theresia Schwelle vor ihrem Haus in der Rosenstraße 222, 1924. Die Gibelseite des Hauses hatte damals noch keinen Erkeranbau.

Dann kam die Schulzeit. Mit 5 ½ Jahren, 1921 bin ich eingeschult worden bei Schwester Aloisia.[12] Ich war nicht sehr groß, im Gegensatz zu meiner älteren Schwester Resi.

---

[11] Die „Kinderschule" hieß zuerst „Kleinkinderbewahranstalt", später dann „Kindergarten". Sie wurde in Türkheim von den Dominikanerinnen geleitet und waren im Filialkloster der Wörishofer Dominikanerinnen untergebracht. Alois Epple: Türkheim in unserem Jahrhundert, Türkheim 1990, S. 116.

[12] In der Türkheimer „Mädchenschule" unterrichteten die Dominikanerinnen aus Wörishofen. Alois Epple: Türkheim in unserem Jahrhundert, Türkheim 1990, S. 116.

Schwester Aloisia meinte, wir probieren es, wenn sie nicht mit kommt, kann man sie wieder heim schicken. Aber es blieb dabei. Mein Schöpfer hat mich mit einem phänomenalen Gedächtnis ausgestattet. Ich kann mich noch an ein Lesestück der 2. Klasse wortgetreu erinnern. Die Bilder des Drittklasszimmers sehe ich noch genau vor den Augen. Aus dem Oberklasselesebuch kenne ich von zwei Geschichten noch ganze Sätze . Das brave Müttchen[13] und der kleine Friedensbote[14] von Peter Rossegger[15] kann ich noch wortgetreu aufsagen, außerdem haben uns die Klosterfrauen mindestens 30 Gedichte eingebläut, die ich heute noch fast lückenlos aufsagen kann. Auch von Mutter hab' ich einige gelernt. Das dritte und vierte Schuljahr absolvierte ich bei Schwester Lupwinia. Sie war eine gütige Klosterfrau. Zu meiner Person muss ich gestehen, ich war in der Schulzeit ein echter Radaubesen, eine Rantschel erster Güte. Ich kannte fast jedes Haus und seine Bewohner [in Türkheim]. Türkheim hatte damals 2800 Einwohner[16]. Wir gingen vormittags u. nachmittags zur Schule. Anschließend ging es jeden Tag zum Brotbetteln zu den Kapuzinern. Damals lief das Bächla noch den Flecken hinunter. Da sind wir vom Torbogen [Ludwigstor] bis zur Pfarrkirche „bächlaghupft" [immer über das Bächle gesprungen], manchmal auch hinein geflogen. Ein Teil vom Bächla floss durch die Spitalwaschküche[17], das war damals unsere Badeanstalt. Ausgezogen bis aufs Hemd, mit einer Sicherheitsklufe [Stecknadel] unten zusammen gesteckt, ging es dann hinein in die Fluten und gar schön war's und

---

[13] „Das brave Mütterlein", Erzählung von Karl Müllenhoff (1818 – 1884).
[14] Der „Kleine Friedensbote" von Karl Stöber (1796 – 1865)
[15] Wahrscheinlich denkt Paula Jakwerth hier an Roseggers Kurzerzählung „Der Höllbart".
[16] Einwohnerzahl von Türkheim: 1919: 2130; 1925: 2224. Alois Epple: Türkheim in unserem Jahrhundert, Türkheim 1990, S. 52
[17] Zum Spital vgl. Alois Epple: Türkheim in unserem Jahrhundert, Türkheim 1990, S. 96.

ganz umsonst. Schwimmen hab ich dabei leider nicht gelernt.

Später gingen wir ins obere Wehr bei der Waltermühle. Der Spielplatz in unserem Viertel war der Viehmarkt zwischen der Ramminger und der Tussenhauserstrasse.

Zur Adventszeit ging ich so gerne mit Vater am Sonntagfrüh um sieben [Uhr] ins Rorate, auch Engelamt genannt. Da durfte ich mit ihm in die Männerstühle und es war für mich das schönste, wenn Vater aus voller Kehle „Tauet Himmel den Gerechten" sang.

Die hl. Abende, die wir mit dem ganzen Gesinde feierten, waren Zeichen der Zusammengehörigkeit zwischen Herr und Knecht, was heute leider fehlt. Jeder bekam einen Laib Birnenbrot, Gebäck und etwas Anzuziehen. Dann wurde gesungen, den ganzen Abend. Resi spielte auf dem Klavier. Wie sind die heutigen hl. Abende so inhaltlos und nüchtern geworden. An einem Hl. Abend war es, da wurde die Kirche zum ersten Mal beheizt durch die eingebaute Zentralheizung.[18] Der Onkel Josef streifte für die Heizung noch die Bretter auf der Kreissäge und schnitt sich alle vier oberen Finger ab. Ich bin mit Vater bei den Kirchenumbauten und Einrüstungen - zehn Jahre war sie eingerüstet - in jeden Winkel, vom Keller bis zu den beiden Dachstuhlböden, auf die Kanzel, auf den Turm gekommen und mein größter Stolz war:

---

[18] Diese Warmluftheizung wurde 1936 in die Pfarrkirche in Türkheim eingebaut. Alois Epple, Die Pfarrkirche Mariä Himmelfahrt in Türkheim – Umbau-, Renovierungs- und Ausstattungsgeschichte, ²Türkheim 2013, S. 197

Neue Glocken 1947 (vgl. Türkheimer Heimatblätter 2014, Nr. 86)

Nach dem Krieg kamen wieder neuen Glocken. Die alten Glocken musste man im Krieg abliefern. Zwei große Glocken habe ich mit dem Traktor vom Bahnhof zur Kirche gefahren.[19] Da konnte man zwischen Portal und Wagen keine Hand mehr dazwischen tun. Ein Banz Bulldog brachte die drei kleinen an Ort und Stelle. Die Glocken nach dem Weltkrieg hat der Fritz, ein Pferd von uns, hochgezogen. Er ging bis zum Zahler.[20]

Noch mal zurück zu meiner Kindheit, erinnere mich noch an die Goldene Hochzeit meiner Großeltern in

---

[19] Alois Epple Die Glockenweihe 1947 in Türkheim, in: Türkheimer Heimatblatt, H. 86.
[20] Zahler war ein Türkheimer Kaufhaus, heute Maximilian Philipp Str. 18

Schwabmühlhausen. Wir fuhren mit dem Landauer dort hin. Auf dem Kutscherbock der Posthalter. Vater mit Frack und Hochzylinder. Mutter u. Tante in raschelnder Seide und wir vier Mädels in Matrosenkleidern und großen dunkelblauen Strohhüten mit langen Bändern. Beim Festmahl im Hause meiner Großeltern hätten wir beinahe ein Fass Bier zum Auslaufen gebracht, weil wir den Hahn nicht mehr zubrachten. Das Bier floss schon aus der Speis, den Gang entlang, bis die Großen es gemerkt haben. 20 Enkel waren wir da, war allerhand los bei solchen Familientreffen. Manchmal durften wir auch übernacht bleiben. Das war lustig. Das Haus stand bei der Oberen Mühle und die Singold bildete dort einen kleinen See. Im Sommer kamen am Sonntag früh die Knechte. Sie ritten bis zum Wasserfall mit den Pferden. Dann wurden sie gewaschen. Wir sassen im Hemd auf den Simsen und schauten zu. Wir kannten auch alle gleichaltrigen Kinder vom Dorf nach dem unsere Großelotern verstorben waren fuhren Mutter und Tante jedes Jahr an Allerheiligen mit dem Mietauto vom Posthalter oder vom Maurus nach Schwabmühlhausne. Mit dem Zug war es fast eine Weltreise. Es ging der Zug nur bis nach Lamerdingen. Zweimal umsteigen für die Strecke! Das Auto braucht keine halbe Stunde. [Frau Steichele, Frau Wachter und Frau Böck waren auch aus Schwab…die fuhren manchmal mit. Wenn noch Platz war durften eine oder zwei von uns mitfahren. Die Onkel und der Opa von Mühlhausen waren alle Schnupfer. Der Onkel Rasso lies mich immer schnupfen bei dem hatte ich ein Stein im Brett. Er selber hatte keine Kinder. Vom Kronenkeller aus konnte man bei schönem Wetter die Kirche von dort sehen.)In der Kirche, ein oder zwei durften mitfahren, haben wir immer gegrinst über der fürchterlichen Gesang, den wir von unserem Kirchenchor nicht gewohnt waren. Mutter schimpfte und sagte: Wenn ihr immer lacht, wenn Frau Rohrer „Selig sind die Toten singt" [abgebrochen]

Ich kann mich noch erinnern, wie wir in den 20er Jahren wieder die großen Glocken bekamen. Die alten musste man im Ersten Weltkrieg abliefern. Wir haben damals schon die schweren Pferde von der Lehne. Der Fritz, ein halbbrauner Belgier zog die Glocken mittelsDratseil auf den Turm Er ging fast bis zum Zahler Kaufhaus hinauf. Die Leute mussten das Dratseil herunter drücken, oben wurde der mittlere Pfeiler der Schalllöcher heraus gebrochen. Im Zweiten Weltkrieg mussten wir wieder unsere Glocken abliefern bis auf eine kleine. Mein größter Stolz war, dass ich die neuen glocken mit dem Traktor vom Bahnhof bis zur Kirche fahren durfte. Ich glaube, es war 1947: die beiden großen hab ich auf dem geschmückten Wagen die drei kleinen der Lanz von der [abgebrochen]

1929 im April kam ich aus der Schule. Ich war 12 ½ Jahre. Da begann der Ernst des Lebens. Mutter drückte mir einen Putzlumpen in die Hand und zeigte mir, wie man auf den Knien den Boden hinausputzt. Fortan gehörte diese Arbeit alle Samstage zu unserem Arbeitsprogramm. Auch auf dem Feld mussten wir fest mitarbeiten. Ich war mit ein paar Taaglöhnern beim rechen im Handt oben, da bekam ich ein arges Bauchweh. Die Magd schimpft, weil ich mich immer wieder hinsetzen musste. Als ich heim kam klagte ich Mutter mein Leid. Die Mutter holte sofort den Arzt, als ich von meinen Schmerzen erzählte. Diagnose: Blinddarmentzündung. Einen Tag lang legte man mir Eisbeutel auf. Am Abend transportierte mich das Rote Kreuz mit einem zweiräderigen Karren ins Krankenhaus. Es war alles höchste Zeit. Der Blinddarm war bereits geplatzt, das Bauch voller Eiter. Acht Tage hatte ich ein Glasrohr im Bauch durch das man den Eiter abtunkte. Lange Zeit war die kleine Wunde noch offen und hat mir immer wieder Beschwerden gemacht, bis heute.

Einmal musste ich den Speicher aufräumen. Da fand ich eine Schachtel Glaswolle (Engelhaar). Das juckte sehr an den

Händen. Ich dachte, das tust' der Zilli ins Bett hinein. Mit einer Schere schnitt ich der Zilli das Engelhaar ins Bett. Als wir alle drei im Bett lagen sprang die Zilli aus dem Bett und sagte: „Ich weiß nicht, mich juckt es überall. Habt ihr mir Juckpulver ins Bett getan?" Sie riss das ganze Bettzeug herunter und sagte zu mir: „Was hast du mir ins Bett getan? Wenn Du es sagst, tu ich dir nichts!"

Im Herbst bevor man die Äpfel in den Keller brachte - Mutter lies jedes Jahr vier bis fünf Zentner Bodenseeäpfel schicken – hat man sie in den Schlafzimmern auf Hemden und auf Decken am Boden gelagert. Alte Nachtkästchen lagen in der Früh voller [Apfel-]Butzen.

Silberhochzeit von Georg und Anna Sauter, vor dem Gasthaus Krone in türkheim 1939

Die Silberhochzeit meiner Eltern wurde groß gefeiert mit Verwandtschaft und Belegschaft. Das Jahr, darauf am gleichen Tag, lag Mutter im Leichenhaus.

Der Spielplatz unserer Kindheit war der Viehmarkt. Da wurde gespielt und gestritten. Saudipferles[21], Schand und Bang[22], Versteckerles usw. Wir waren fast alle so im gleichen Alter. Eines Sonntags nach dem Essen, wir spielten Versteckerles[23]: Der Amberger Michel hatte seine Mistleg[24] ausgefahren, nur ein halber Meter Jauche war noch in dem Loch[25]. Außen rum war eine Bretterwand. Alle lehnten an besagter Wand. Da tat's einen Krach und wir lagen alle in der Jauche. Loni, meine Schwester, und ich hatten beide neue Dirndel an. Ich hab am wenigsten abbekommen, weil ich die Äußerste war. Was daheim los war könnt Ihr Euch denke.

Bei einem heftigen Gewitterregen lief immer der Wolfsgraben[26] über und das Wasser lief beim Settele[27] und beim Holzheu[28] in den Hausgang. Der Sattler Zacher stülpte die Hosen hoch und watete mit uns Kindern durch die warme Regenbrühe. Patschnass kamen wir nach Hause.

Abends hatten wir nach gemachter Hausaufgabe Ausgang auf dem Viehmarkt[29] bis zum Gebetleuten[30]. Wehe wenn wir uns verspäteten, dann war die Türe zugesperrt. Heulend standen wir dann vor der Tür und manchmal mussten wir ohne Abendessen ins Bett. Das war für mich das

---

[21] Eine „Spielanleitung" findet sich in den Türkheimer Heimatblättern Nr. 77, S. 3
[22] Unbekannt
[23] Ein Kind versteckt sich, die anderen müssen es suchen!
[24] Ablage von Stallmist. „Mistleg ausfahren" bedeutet, den Mist auf das Feld fahren.
[25] Güllegrube
[26] Breiter Straßenabschnitt in Türkheim, abgebildet in Alois Epple: Türkheim in unserem Jahrhundert, Türkheim 1990, S. 47
[27] Rosenstrasse 2
[28] Grabenstr. 3 (in den 1990er Jahren abgerissen.
[29] Der Viehmarktplatz ist die Grünfläche nördlich von östlich von Rosenstr. 2.
[30] Gebetläuten oder „Der Engel des Herrn". Es läutet dreimal täglich, um 6 Uhr, um 12 Uhr und am Abend meistens um 18 Uhr.

Schlimmste. Ich hatte Angst, ob ich bis morgen nicht verhungert bin.

Im sechsten Schuljahr bei der Frau Immakulata, deren Tatzenstecken bekannt war und das Quantum meistens vier bis sechs Stück [Schläge] waren kamen meine Schwester und ich zur Ersten Heiligen Kommunion. Frau Immakulata wurde Priorin in Wörishofen [im dortigen Dominikanerinnenkloster]

1952, in der Mitte rechts sieht man den Viehmarktplatz, dann folgt nach links die Rammingerstr., Rosenstr. 2 und dann weiter links Rosenstr. 4, wo Paula Jakwerth aufwuchs.

und wir waren sie Gott sei Dank los. Da bekamen wir Frl. Eichner -die wir abgöttisch liebten -, Frl. Schmitter, Frl. Hedwig, zuletzt Frau Hildegard. Im gleichen Jahr wurden wir beide [Schwestern] gefirmt von Bischof Maximilian Lingg [aus Augsburg]. Wir waren an diesem Tag fünf Firmlinge samt Paten bei uns zuhause essen. Mamma hatte die Hedwig, Papa und Onkel Hans die Seber Buben Hans und Georg [als Firmpaten]. Meine Patin war Tante Mari aus Greifenberg, und Resi hatte Tante Mathilde aus Schwabmühlhausen.

(*Ergänzung von einem losen Manuskriptblatt:* Tante Walli hat gekocht und gebacken, unter anderem die erste Torte. Nach dem ersten Oetkerkochbüchlein, das damals die neu gegründete Oetkerfirma heraus gab.[31] Es war auch der Anfang der Puddings von denen es in den Lebensmittelgeschäften von den Damen des Konzerns Kostproben gab.)

Der Pfarrer unserer Jugendzeit war der Westner und Pater Expeditus.[32] Die beiden hielten Religionsunterricht in den Schulen. Die Mädchen gingen in die Kapuzinerkirche, die Buben in die Pfarrkirche. Wir kannten unsere Altersgenossen nur vom Kommunion- und Firmunterricht. Am Rußigen Freitag[33] standen die Saububen immer in den Nieschen vom Torbogen [Ludwigstor] und lauerten uns auf und machten uns schwarz. Drei Jahre mussten wir noch in die Sonntagschule und nachmittags vor der Andacht in die Christenlehr gehen.[34] Einmal hat mich der Pfarrer Westner beim Schwätzen erwischt und ich musste aus der Bank hinaus auf das Pflaster knien. Ich hatte große Angst von Mutter gesehen zu werden, wenn sie in die Andacht kommt. So rückte ich immer weiter in die Bank zurück.

Ich bin gern zur Schule gegangen. Geographie, Naturkunde, Geschichte und ganz besonders Zeichnen waren meine Lieblingsfächer. Meine Schwester Loni, die auch gut zeichnen konnte, und ich durften zu Ostern, Weihnachten auf die große Tafel ein passendes Bild mit bunten Kreiden malen. Einmal zauberten wir zwei einen Nikolaus in einem

---

[31] Es erschien erstmals 1911. 1927 kam es überarbeitet mit Bildern heraus.
[32] Georg Westner, Pfarrer in Türkheim von 1917 bis 1934. Der Kapuzinerpater Expeditus hatte die Kaplanstelle an der Türkheimer Pfarrkirche. Alois Epple: Türkheim in unserem Jahrhundert, Türkheim 1990, S. 103, 104, 114
[33] Rußiger Freitag ist der Freitag vor Aschermittwoch. An diesem Tag versuchen Kinder andere mit Ruß zu beschmieren.
[34] Alois Epple: Türkheim in unserem Jahrhundert, Türkheim 1990, S. 102.

Schlitten, gezogen von zwei Hirschen, auf die Tafel, auch Osterhasen und dergleichen. Meine Lehrerin sagte immer, sie könne unseren Vater nicht verstehen, ein solches Talent nicht zu fördern. Vaters Antwort darauf: „So verhungerte Maler, das ist nichts für mich."

Eigentlich war ich immer mehr Bub als Mädel. Alle Eigenschaften dafür hab ich von meinem Vater vererbt bekommen. Am Sonntag hab ich für meine Spielgefährten Stelzen genagelt, zum Ärger der Zimmerleute, die am nächsten Tag ihr Werkzeug suchen mussten. Ich hab gesägt und gehämmert wie ein Bub. Überhaupt: Man konnte Sonntag, wenn keiner da war, so herrlich Eisenbahn spielen mit den beiden Rollwagen [in der Zimmerei]; das Gleis ging bis ans Bahngleis. Bretterstapel und Bauholzrollen waren die Bahnhöfe, da gab es sogar Billets die gezwickt wurden mit einem Locher aus dem Büro. Das war ein großer Spaß für Buben und Mädel von unserem Viertel, nur aufgeräumt haben wir selten, zum Ärger der Zimmerleute. Der Mutter hab ich einmal eine Blumenstiege gemacht, ganz allein die Latten, dazu hab ich die Streiflatten genommen, alle mit der Hand auf der Hobelbank im Keller gehobelt: Nur das Kreuz zur Stabilisierung derselben hat mir der Onkel Josef gemacht. Grün gestrichen, stand sie lange Jahre im Garten über dem Kellerloch. Meine größte Freude war etwas zu nageln und zu sägen. Oft zum Leidwesen meines Vaters. Sein Kommentar: „Was nagelt sie schon wieder?" Ich habe es später sehr gut brauchen können, alles was kaputt war, ob Spiezeug oder Gebrauchsgegenstände, habe ich repariert. Auf mein geerbtes Augenmaas konnte ich mich verlassen. Franz [meine späterer Ehemann] war ein guter Bauer, aber ein schlechter Handwerker.

Nach meiner Schulzeit ging ich im Winter in die hiesige Nähschule zu Schwester Bernhardina und Graziana.[35]

Eins hab ich noch vergessen: Vater kaufte eines Tages ein Klavier für uns und so musste ich wohl oder übel in die Klavierstunde gehen. Wir waren alle vier [Kinder] sehr musikalisch: Resi und Loni spielten sehr gut, nur ich brachte es nicht sehr weit. Ich war zu faul zum Üben. Meine Schwester Loni bekam später das Klavier und spielt heute noch. Ich habe oft die Sicherungen rausgedreht, wenn ich schon im Bett war, dann spielte sie ohne Licht weiter.

In den Wintermonaten 1934/35 fuhr ich nach Mindelheim in die Kleidernähschule bei Mater Pia im Englischen Institut. Scheidern war meine Leidenschaft. Sie vermittelte mir die beste Lehre. Es war mein Hobby mein ganzes Leben lang. Kreativität war mein Leben. Ich musste immer etwas basteln, ohne das wär mein Leben leer gewesen. Ich wäre geistig vertrocknet. Bis dahin hatten wir immer eine Magd oder einen Schweizer. Der Viehbestand war auf 20 Stück angewachsen.

Im Herbst mussten wir schon als Kinder die Kühe hüten und ich war mächtig stolz, wenn mich jemand gefragt hat, wem gehört die Herde mit den schönen, wohlgenährten Kühen und dem schönen Geläut. Seine Landwirtschaft war Vaters Hobby. Inzwischen hatte er die Maurerarbeiten übernommen, weil ein Maurermeister aufgehört hatte[36] und das Geschäft wurde immer größer.

Zu Mutters Leidwesen schickte der Vater uns, hauptsächlich mich, schon als Schulmädchen mit den Pferden, den Ochsen und später sogar den Kühen mit dem Fuhrwerk. Er hat alles

---

[35] Zwei Dominikanerinnen im Türkheimer Filialkloster.
[36] Hier ist wohl der Türkheimer Maurermeister Müller gemeint, welcher z.B. 1909 die Schule in Oberrammingen baute. Den Dachstuhl machte damals Georg Sauter.

eingespannt, was Füße hatte. Einmal musste ich Bauaushub mit einem Kuhgespann fahren. Die Handkuh hat sich ganz einfach auf der Straße an der Deichsel hingelegt. Sie wollte nicht mehr weiter. Einmal schickte mich Vater, ich ging noch zur Schule, mit einem Ochsen zur Salamander[fabrik] mit Dachlatten. Beim Zech Max[37] fuhr ich schon an den Gartenzaun. Da half mir Frau Singer[38] wieder weg, sie fuhr ins Heu mit einer Gabel. Beim Müller Konrad[39] wo die Straße links weg geht hab ich fest am Leitseil gezockt, aber ich hätte ziehen müssen, der Ochs ging, wie es ihm beigebracht wurde, nach rechts und der Wagen landete mit den beiden rechten Rädern im Bächla. Ich ließ den Ochsen stehen. Er konnte ja nicht weiter und lief weinend nach Hause. Solche Sachen sind öfter passiert. Die Lotte, eine schöne aber nervöse Fußstute ist oft weg gelaufen, was meinen Vater nicht abhielt, seine Töchter Loni und mich immer wieder beim Fuhrwerk einzusetzen. Loni schickte er mit diesen temperamentvollen Stute bis nach Lamerdingen. Gott sei Dank ist sie schon bei der Kirche – hier stand eine Dampfstrassenwalze – die sie erschreckte, abgehauen. Nachher musste ein Hilfsarbeiter fahren. So wuchsen wir in diese Arbeit hinein, lernten mit den Rössern umzugehen, sie anzuschirren und zu fahren wir die Brüder. Einmal musste ich einen großen Kornrechen den man ausgeliehen hatte zu Himer Jakobs Stadel[40] an der Fabrik bringen. Der Rechen hatte einen Blechsitz, da setzte ich mich drauf. Heim sollte ich neben dem Pferd herlaufen. Ich führte die Liesl ganz nahe an den Rechen heran, stieg auf den Rechen und bestieg von da aus das Pferd. Die Liesel war aber nicht einverstanden mit der zusätzlichen Belastung und hüpfte mit den Hinterbeinen und schlug aus. Aber ich hielt meine Beine unter ihrem Bauch fest und hielt mich am Kummet

---

[37] Kirchenstraße 24
[38] Kirchenstr. 27
[39] Jakob-Sigle-Str. 17
[40] Der lag an der Wiedergeltinger Straße.

fest. Dazu gab ich ihr einen kräftigen Schlag auf den Hintern, da hat sie begriffen, wo der Bartel den Most holt. Ich ritt hoch zu Ross im blauen Dirndel durch den Flecken. Als ich heim kam stand Vater im Hof und schmunzelte nicht wenig. Sein Kommentar: „Bist doch so gscheid gwest und nauf ghockd". Das war mein erster Ritt.

Unsere letzte Magd war die Zilli, mit der wir uns sehr gut verstanden. Sie schlief auch bei uns und machte jeden Blödsinn mit. Damals hatten wir zwei Knechte. Der Adam fuhr täglich ins Langholz. Der zweite war mit Ochsen und Gaul unterwegs auf Baustellen und in der Landwirtschaft. Pferdehäcksel schneiden, Schrot für Pferde, Kühe und Schweine herrichten oblag der Magd.

Melkkurs 1935 vor der Krone. Von li..: Loni Sauter, Paula Jakwerth, Theresia Kerler, Bernhardina Immerz, Theresia Magg, Alexander Laub, Maria Hefele, Eleonore Hintner, Elisabeth Angstwurd, Josepha Endlich, Rosa Prestele, Krezentia Roiser – von li. O: August Wexel, Ludwig Geiger, Hans Fehle, Anton Müller, Lorenz Müller, Xaver Haugg, Dora Wiedemann, Joseph Mautz, Joseph Fehle, Hans Hintner, Xaver Landherr, Anton Mayr, Anton Weber, Sebastian Weber, Max Zech.

Da musste Zilli plötzlich das Melken aufgeben wegen der Hände. Sie nahm eine leichtere Stellung an. Das Melken hatten wir Älteren bereits gelernt. Loni und ich gingen in einen Melkkurs.

Auf dessen Abschlussfeier habe ich mein erstes Gedicht verfasst, in dem ich alle Beteiligten gehörig auf die Schippe nahm. So mussten wir mit dem zweiten Knecht den Kuhstall selbst versorgen. Dann kaufte Vater den ersten Traktor, einen Zettelmayer mit Zwillingsbereifung, Klöckner-Humboldt- Deutz Motor und Seilwinde.

Traktor 1940 in der Rosenstraße mit (von li.) Prestele aus Mindelau, Anni Geiger (geb. Sauter), Paula Jakwerth (geb. Sauter) und Georg Sauter.

Nun braucht man einen Fahrer. Der erste hatte in vier Wochen die Kupplung kaputt gemacht, weil er den Fuß immer auf dem Kupplungspedal hatte und somit dieselbe mitschleifen lies. Die NSKK [Nationalsozialistisches Kraftfahrkorps] hat in Wörishofen einen Führerscheinkurs Klasse 4 abgehalten. Da haben Vater und ich teilgenommen. 200 Personen in einem Schnellverfahren. Bald darauf kaufte Vater ein Auto, einen Hanomag Sturm[41]. Er meldete sich

---

[41] Der Hanomag Sturm Typ 22 K wurde 1934 von dem hannoverschen Automobilhersteller Hanomag als erstes Modell der oberen Mittelklasse auf den Markt gebracht.

zum Führerschein Klasse 3 an. Der theoretische Unterricht war im alten Rathaus[42] Man schrieb das Jahr 1938. Ich schlich mich heimlich auch hinein. Als mich Vater sah, sagte er: „Was willst denn du hier?" „Auch Auto fahren lernen" sagte ich. Durch Zureden des Fahrlehrers konnten wir ihn endlich überreden, dass ich auch den Kurs machen durfte. Es war sein Glück. Er wäre bestimmt durchgefallen, wenn ich ihm beim mündlichen Teil der Prüfung nicht dauernd eingesagt hätte. Die Prüfungsfahrt machte er mit dem damaligen Landrat[43]. Die beiden hätten beinah am Katharinenberg [in Mindfelheim] das Auto samt Ingenieur umgekippt. Den Landrat wollte er nicht durch fallen lassen, so ist mein Vater zur Not auch durchgeschlüpft. Als ich die erste Fahrstunde hatte sagte der Fahrlehrer: „Mal ehrlich, sie sitzen doch heute nicht zum ersten Mal am Steuer!" „Nein, unser Traktor hat die gleiche Schaltung wie das Auto, ein Opel Olympia[44]. Nach sieben Fahrstunden sagte er zu mir: „Jetzt kann ich ihnen nichts mehr lernen. Sie werden einmal eine gute Automobilistin." 270 Mark hat die Sache damals gekostet. Aber ich habe in meiner späteren Fahrpraxis mit Auto und Zugmaschinen das Innenleben eines Motors genau kennen gelernt, so dass ich jedes Motorteil und seine Funktion vom Kühler bis zum Auspuff kannte. Die heutigen Motoren sind für mich ein Buch mit sieben Siegeln aber das Prinzip ist immer noch dasselbe.

---

[42] Maximilian-Philipp-Str. 14
[43] Landrat des Landkreises Mindelheim waren Dr. Fridrich Eder (1933 – 1935) und Christian Cramer (1936 – 1945).
[44] Der Opel Olympia war das erste in Großserie produzierte deutsche Auto mit selbsttragender, ganz aus Stahlblech gabauter Karosserie. Er war Nachfolger des Opel 1,3 Liter, der noch bis Oktober 1935 gebaut wurde. Er erhielt seinen Namen nach den Olympischen Spielen 1936 in Berlin.

Erstes Auto, 1938, in der Rosenstraße 222

Dann heiratet der Adam in die Wohnung über dem Pferdestall. Seine Frau machte den Kuhstall.

Mit 18 Jahren durfte ich endlich in den Tanzkurs gehen. Dabei verliebte ich mich das erste Mal. Aber es war eine harmlose Sache. Ich war, was Mannsbilder angeht sehr korrekt.

Paula Sauter (verh. Jakwerth) in der Rosenstraße 222, um 1934

Im Frühjahr darauf sagte Mutter zu mir: Wer weiß, wie lange es mit der Magd geht, da kommt doch bald ein Kind. Gehe jetzt zum Kochen lernen. Und so kam ich nach Memmingen ins Hotel Adler für ein halbes Jahr zum Kochen lernen. Man musste noch 20 Mark, Lehrgeld im Monat zahlen. Wir hatten einen Chefkoch. Drei Lehrmädchen: eine Woche Salate, eine Woche backen u. Nachtisch, eine Woche Fleisch. Der Koch sagte: „Du bist mir die liebste am Fleisch, du kannst mit dem Beil umgehen wie keine andere." Das brachte mir ein, das ganze Rehwild zu verlegen. Einmal in der Woche kam ein Metzger vom Schlachthof mit einem halben Kalb u. einer halben Sau. Da wurde gewurstet: hausgemachter Preßack usw. Ich lernte ein Kalb kunstgerecht zu zerlegen in Halskotletts, Nierenbraten, Kalbsbrust Schäufele, die Nacken, vom Schlegel Nuss Frikando, Schnitzelschale samt Haxen. Es war eine schöne Zeit für mich. Ich hatte als junges Ding zu meinem Leidwesen Sommersprossen, derentwegen ich auch oft gehänselt wurde. Aber in Memmingen, dem Sommer ohne Sonne und zusätzlicher Behandlung, waren sie alle verschwunden: Ich hatte mich sehr zu meinen Gunsten verändert.

Als ich heim kam bot mir der Theaterverein eine kleine Rolle in dem Theaterstück „Der Geigenmacher von Mittenwald" an. Ich nahm an. Aber beim Nächsten mal die drei Eisbären spielte ich bereits die weibliche Hauptrolle. Bei meinem Gedächtnis lernte ich die Rollen spielend und konnte auch den Text der anderen Mitspieler. Schon in der Schule hatte ich Theater gespielt und kann nach 60 Jahren noch viele Texte auswendig. Von da an spielte jedes Jahr immer die gleiche Besetzung: Frau Hiller, Frau Lipp vom Kronenkeller, ich, der Allgaier Otto, Herr Joa, Wirt Andreas, Eimansberger Franz, Reim Leo, Wachter Sepp, Natterer Sepp.[45]

„Die drei Esbären" in der Rosenau 1938, (von li.) Otto Allgäier, August Joa, Andreas Wirth, Franz Eimansberger, Resi Lipp, Maria Hiller, Paula Jakwerth.

Einmal kam ich von der Theaterprobe nach Hause. Vater war eben gerade heim gekommen. Er ging, wie gewohnt, noch in den Kuhstall zur Kontrolle, ob alles in Ordnung ist. Da rief er: „Komm schnell, ein Kalb hat die Trommelsucht [Magenblähung], wir müssen es Schlachten!" Er schnitt ihm die Kehle durch. Es war allerhöchste Zeit. Wir ließen es ausbluten. In der Waschküche waren zwei starke Haken an der Wand. Da hängten wir es auf. Am nächsten Tag hab ich es abgezogen und zerteilt, wie ich es gelernt hatte. Mutter hat das Fleisch gebraten und eingeweckt.

Es war eine schöne, unbeschwerte Jugendzeit, die wir im Elternhaus erlebten. Der Vater war eine Respektsperson, mit

---

[45] Im Türkheimer Gemeindearchiv gibt es ein Fotoalbum, Hier finden sich viele Bilder dieser Theateraufführungen. Leider ist mir der direkte Zugang zum Archiv durch Herrn Seemüller nicht mehr erlaubt.

zwei Meter Körpergröße und wenn er sagte: „Es regnet nauf", dann regnete es eben hinauf. Was er sagte war bindend für die ganze Familie. Aber ich liebte ihn sehr. Er war mir immer leuchtendes Vorbild und ich wollte einmal einen großen Mann.

In Sachen Männer war ich sehr vorsichtig und hatte deshalb keine allzu große Chance.

Zweimal schickte mich der Vater mit drei Stieren zur Zuchtviehauktion nach Kempten. Am ersten Tag war Körung. Am darauffolgenden war Auktion. Er selber [der Vater] kam am zweiten Tag. Den Onkel Franz hat man mir mitgegeben. Die Stiere mussten verladen und in Kempten ausgeladen werden; vom Bahnhof bis zur Tierzuchthalle am Nasenring mit der Stange geführt werden. Auch bei der Körung und der Versteigerung mussten sie geführt werden. Welch eine Zumutung für ein junges Mädchen. Ich kann mich noch erinnern, wie der Auktionator ausrief: „Jungbauern steigerts, da g'hörts Dirndel auch dazu". Die angeblich hilfsbereiten Männer, die mir und dem Onkel ein Hotelzimmer besorgten, wollte mich dafür vernaschen. Aber das ging mit Paula nicht.

Kurz vor Anfang des Kriegs baute man in Wörishofen einen Flugplatz, getarnt als Bauernhof. Vater hat die beiden hochgiebeligen Gebäude, die wie große Scheunen aussahen, gebaut. Für Wörishofen und Ulm fertigte man bei uns 1500 hölzerne Stockbetten an. 14 Tage hatten wir Zeit. Tag und Nacht wurde gearbeitet. Alles was Hände hatte musste helfen. 14 Tage habe ich in der Halle mit dem Wagner Xaver auf Teufel komm raus genagelt wie ein Geselle. Der Bauführer vom Flugplatz sagte zu meinem Vater: Deine Tochter nagelt besser als deine Lehrbuben.

Eines Tages bekamen wir einen neuen Traktorfahrer und mit ihm begann das Unglück. Ich verliebte mich unsterblich in ihn. Er nutzte das aus. Aber er war es nicht wert. Es war die große Enttäuschung meines Lebens. Er hatte zu gleicher Zeit noch Bekanntschaften. Ich hatte das Vertrauen zu Männern verloren. Dann kam der Ausbruch des Krieges.

Innerhalb weniger Tage mussten wir zwei Pferde und den Traktor abgeben. Ein Pferd und einen Ochsen ließen sie uns. Dreiviertel der Belegschaft, Knecht und Schweizer, mussten einrücken. So waren wir nun plötzlich Frauen und alte Leute auf dem Hof und im Geschäft. Allein, wie soll das weiter gehen im Geschäft und in der Landwirtschaft, die inzwischen auf 50 Tagwerk angewachsen war? Da fing Mutter an zu kränkeln. Sorgen, nichts als Sorgen hatte Vater. Da kaufte er wieder eine neue Zugmaschine, wieder einen Zettelmayer mit Seilwinde aber ohne Dach. Ich fragte Vater, woher einen Fahren nehmen? „Den fährst ganz einfach du!", war seine Antwort.

Ich wurde vom Ingenieur der Firma in Funktion und Wartung eines Dieselmotors eingewiesen und ich kannte mich bald ebenso gut in Sachen Traktor aus wie meine männlichen Kollegen. Doch mein Leben hatte sich total verändert. Von früh bis spät saß ich auf dem Traktor. Alles, was es zu fahren gab mutete man mir zu. Mit dem Adam, unserem letzten Knecht, der in der Fabrik Schicht arbeitete, fuhr ich ins Langholz. Wir strutzten das Holz mit der Seilwinde heraus. Es ist schon mit den Pferden eine sehr gefährliche Arbeit, aber die Pferde bleiben stehen, wenn es wo aneckt. Bei der Zugmaschine, wenn man mit dem Baum an einem Stock hängen bleibt und man passt nicht auf, reißt die Winde den Bulldock um. Wir beide waren ein eingespieltes Team. Ich habe zwei schwere Kipper, einer war aus einem Omnibus umgebaut, mit zwei Winden, die man mit der Hand bedienen konnte. Auch eine Auflaufbremse hatte einer. Allein kippte ich die Kiesladungen runter, wer kann sich das heute noch vorstellen?

Auch mein Äußeres hat sich verändert. Eine alte Näherin mußte mir einen blauen Anzug nähen - einen Overall sagt man heut zu so etwas. Für den Sommer eine Art Latzhose, nur statt dem Latz ein Leibchen mit Trägern und seitlichem Reisverschluss. Das war alles schön und gut, aber beim Austreten wurde es schwierig. Ich musste zur Verrichtung diverser Geschäfte die ganze Sache von oben her ausziehen und unter den Allerwertesten schieben. Im Klo ging das noch, aber auf freiem Feld musste ich schon Deckung suchen, denn mein Oberkörper war buchstäblich nackt im Sommer. Ein paar Kalbslederstiefel die ein Schuster machte – es gab ja nichts zu kaufen – und eine blaue Schnabelmütze vervollständigte meine Garderobe. Die Klostermagd hat einmal zu mir angesagt: „Du laufst aber nett rum."

Einmal musste ich meinen Vater suchen. Er war in der Kapuzinerkirche. Die wurde eingerüstet.[46] Ich stand unschlüssig vor der Türe. Ob ich in der Hose hinein gehen darf? Da kam der Pater Guardian heraus. Ich sagte zu ihm, er soll mir meinen Vater heraus schicken. Er meinte, warum ich nicht selbst hinein gehe. Ich schaute an meiner Hose herunter und meine nackten Schultern an. Da lachte der Pater und sagte: „Es ist alles zugedeckt, geh ruhig hinein".

Also gehörte ich täglich zum Türkheimer Straßenbild, bei jedem Wetter. Im Flecken gab es damals drei Bulldocks, zwei Lanz natürlich von Männern gefahren [und den dritten fuhr ich]. Nach dem Frankreichfeldzug bekamen wir in Türkheim die erste Einquartierung. Man bereitete den Heimkehrern einen festlichen Empfang. Wir liefen zur [Gastwirtschaft] Krone, wo die Soldaten bereits in die Quartiere eingewiesen wurden. Was für ein Zufall: der Sattel Hans von Mindelau wurde uns zugeteilt. Wir kannten ihn schon vorher, von den Tanzveranstaltungen im Kaffee

---

[46] Vielleicht war es die Renovierung 1948. Vgl. Alois Epple: Türkheim in unserem Jahrhundert, Türkheim 1990, S.114

Fischer in Wörishofen. Er war KFZ-Meister und kam mir gerade recht. Vater erreichte bei der Kommandantur, dass er vom Exerzieren befreit wurde, damit er mir auf die Zugmaschine ein wetterfestes Dach mit Seitenteilen machen konnte. Es wurde ein prima Gehäuse mit Windschutzscheibe, Scheibenwischer, Richtungswinker und Seitenfenster aus unzerbrechlichem Glas. Nun war ich wenigstens vom Wind und Wetter geschützt. Im Sommer konnte man die Seitenteile abknöpfen.

Eines Morgens fuhr ich zum Grünfuttermähen, hatte aber vergessen aufzutanken. Draußen auf der Wiese blieb plötzlich das Fuhrwerk stehen. Der Tank war leer. Ich holte eine Kanne Öl, aber der Motor sprang nicht mehr an. Ich lief heim, holte den Sattel Hans aus dem Bett, dass er die Karre wieder in Gang bringt, was er auch tat und erklärte mir auch die Ursache: „Du darfst den Tank bei einem Diesel nie leer fahren, sonst musst du die ganze Leitungen entlüften". Er war mir am Anfang meiner Fahrerlaufbahn ein guter Lehrmeister. Bald kam die Kompagnie nach Russland. Von da aus schrieb er öfter mal.

Vater hatte immer Aufträge beim Flugplatz [in Wörishofen] bei der Bahn und der Post. Da gab es auch immer Bezugsscheine für's Auto. Zivile durften nicht fahren im Krieg. So konnten wir immer Auto fahren. Da wurde plötzlich Mutter krank. Ich ahnte, dass sie sterben muss. Im Handwerker-Erholungsheim in Wörishofen hoffte sie auf Besserung. Am Tag vor hl. Abend holte ich sie mit dem Auto heim. Es war das letzte Weihnachten mit dieser stillen, edlen Frau die insgeheim viel Gutes getan hat. Wenn es mit den Dienstboten was gab, Mutter hat alles wieder zurecht gerückt. Ich werde den letzten Blick in den Hof zu uns aus dem Sanitätsauto, das sie ins Krankenhaus brachte, nie vergessen und die sterbenden Augen auf das Marienbild gegenüber ihrem Bett gerichtet, das lächelnde Antlitz nach dem es vorbei war, ebenfalls nicht. Sie ruhe in Gottes Frieden.

Vater litt sehr durch den Tod seiner Frau. Wir hatten ja Gott sei Dank noch Tante Walli, die das Hauswesen weiter führte. Vor lauter Arbeit kam ich den ganzen Tag nicht zum Denken. Die Landwirtschaft halste Vater auch noch zum Teil mir auf. Zwei Polen, ein Franzose und ein paar Tagelöhnerinnen waren meine Mannschaft. Dem Franzosen brachte Vater das Sägen bei, die beiden Polen konnten kein Wort Deutsch. Wir mussten polnische lernen. Aber sie waren willig und gutmütig.

(Einschub aus einem losen Manuskriptblatt: Aber sie waren willig und gutmütig. Der Jakob war etwas beschränkt und immer zuhause. Leider hatte er keine Zähne mehr und konnte schlecht beißen. Vater schickte mich mit ihm zum Zahnarzt Haugg. Der sah sich das ganze an und sagte: „Mit dem einen Zahn ist nichts mehr zu machen, da hilf nur ein komplettes Gebiß. Aber ich darf einem Polen doch kein Gebiß machen". Mein Vater war anderer Meinung: „Es ist ganz einfach, ein Mensch braucht Zähne zum Essen". Der Zahnarzt sagte: „Wenn sie dicht halten und keinem was sagen, es bezahlen, bin ich bereit, ihm ein Gebiß zu machen". Das Gebiss war fertig. Zu Hause probierte er es. Wir sagten ihm, er wird sich schon daran gewöhnen. Nach einigen Tagen tat er es raus und sagte: „Nix gut, Hammer nehmen, kaputtschlagen". Ich beschwörte ihn, es noch ein paar Tage rein zu tun und auch bei Nacht nicht raus zu tun und siehe da, auf einmal ging's. Ich gab ihm eine Paste. Im Stall tat er es raus, säuberte es und es ging gut.)

Einmal sollten wir eine Sau „schwarz" schlachten. Die Polen waren schon zu Bett gegangen. Da kam der Metzger. Der Jakob, der war etwas blöd, muss den Metzger am Sprechen erkannt haben. Er rannte die Stiege herunter in den Hof und schrie. Er meinte, ihm geht es an den Kragen. Wir hatten unsere liebe Not ihm das auszureden. Mit dem Schlachten war es aus. Es war für Loni und mich schon schwer, den ganzen Tag mit den Ausländern allein auf dem Feld und im Stall.

1942 musste ich mich am Kropf operieren lassen vom Dr. Maier. Es war oft Fliegeralarm, Tag und nachts. Das war schlimm für das Pflegepersonal, die Kranken immer wieder in die Keller und die unteren Räume zu schaffen. Es war das erste Mal, dass ich an Weihnachten nicht zu Hause war. So gingen die Kriegsjahre dahin, eins ums andere, immer beim Fuhrwerk, mit dem Traktor. Die Polen konnten inzwischen ganz gut mit den Pferden umgehen. Wenn ich mal gesagt habe: „Das kann ich nicht", war Vaters Antwort: „dann lernst du es".

Ich lernte ackern mit dem Gaul und dem Ochsen, der Pole musste mir mähnen[47]. Alles, aber auch alles habe ich inzwischen gelernt. Nur mit der Sense Gras mähen tue ich nicht. Mit der Zugmaschine ging es ja flott, aber die schweren Eggen und dergleichen vom Wagen herunter und zu zweit, mit Loni, wieder hinauf heben, das war oft eine Schinderei. Im Frühjahr ackern, eggen, säen, Kunstdünger streuen (meist mit der Hand), Fuder laden. Kies und Sand aus den Kiesgruben heraus holen, Ziegelsteine, Gerüst und Bauholz anfahren, Zement und Kalk aufladen, alle Tage den Trecker schmieren, auftanken, Ölwechsel machen, Siebe säubern, das war mein Tagwerk. Mit dem Ochs und dem Gaul hab ich einmal Heu gemäht im Hardt. Dreiviertel war gemäht, da waren die Messer so stumpf, dass, wenn es schoppte, warf es mich fast aus dem Sitz. Ich hab geheult. Da kam Vater mit dem Rad. Wir taten nochmals das Messer raus. Er fuhr damit zum Dolp hinunter und zog es mit dem Wetzstein nochmal ab. Dann haben wir das Gras doch noch mit Mühe und Not weg gerupft. Bei dieser Fuhrwerkerei

---

[47] Das Pferd oder den Ochsen führen, an der Mähne führen!

und dem ständigen Umgang mit Vieh und Männern hab ich mit der Zeit ein Mundwerk bekommen wie ein Scherenschleifer. Es war auch verdammt notwendig geworden, um mich zu wehren.

Wehe wenn ich in einen Konflikt mit dem stärkeren Geschlecht kam. Ich blieb ihnen bei Gott nichts schuldig. Das Wertachwehr bei der Waltermühle hatte ein Hochwasser weggerissen.[48] Eine große Münchner Firma hatte den Auftrag, ein neues Wehr zu bauen.[49] Es gab zwei Bauleiter: einen von der Firma und einen vom Staat. Der erste war ein sehr tüchtiger und gerechter Mann, auch zu den etwa 20 französischen Kriegsgefangenen die dort eingesetzt waren. Was hab ich alles zu diesem Wehrbau angefahren: Zement von Bahnwaggon bis dorthin. Der Singer[50] mit seinem Lanz schaffte es nie bis zur Bauhütte. Da mussten die Franzosen den Zement 50 Meter tragen. Mit meinem Gefährt schaffte ich es immer bis zur Hütte. Die Franzosen lobten mich immer. „Mademoiselle, prima Chaffeur". Auch die ganzen Bohlen, die bei uns geschnitten wurden hab ich angefahren. Einmal hatte man eine Fuhre Bohlen auf einen Baumwagen geladen, samt den üblichen vier Ketten und Ladhölzern. Vater sagte: „Fahre über die [Salamander-]Fabrik auf der anderen Seite des Wehrs hinauf und nehme die Fuhre Sägbäume – das sind Bäume bis fünf Meter – Bretterwaren die dort liegen, von der Gemeinde mit heim". Man gab mir den Ludwig mit. Wir fuhren durch die Wertachauen. Der Weg war nicht gut und selten befahren. Auf einmal blieben wir stecken. Es ging nicht mehr. Etwa 50 Meter vor dem Wehr! Wir luden die Bohlen ab, fuhren zu den Stämmen, legten die Ladehölzer und die Ketten zurecht

---

[48] Wohl 1941. Ein Foto davon in Alois Epple: Türkheim in unserem Jahrhundert, Türkheim 1990, S. 93.
[49] Vgl. „Türkheim im 3. Reich, in: Türkheimer Heimatblatt, Nr. 86
[50] Stephan Singer, Türkheimer Transportunternehmer und nach dem II. Weltkrieg Bürgermeister.

zum Abladen. Da tauchte plötzlich der staatliche Bauführer vor dem Toni, der die Schlagrahmen bediente, auf und schrie mich an, was mit einfällt die Bohlen da abzuladen, ich soll sie gefälligst wieder aufladen und dahin fahren wo sie hingehören. Mehr hat es nicht gebraucht. „Einen Dreck werde ich, wenn's einfach nicht mehr weiter geht. Die paar Meter werdet ihr sie wohl tragen können." Ein Wort um's andere, wir haben uns gestritten, ich hab ihn so zur Schnecke gemacht, dass der Toni sich den Bauch hielt vor Lachen. Von dem haben es die Andern auf der Baustelle erfahren. Anschließende haben wir die Sägbäum aufgeladen. Daheim fragte mich Vater, wo wir so lange waren. Da erzählte ich die Attacke mit dem Kerl. Er lachte und sagte: „Wehr dich um deine Haut". Viele Jahre später, an einem Sonntag, besuchte mich der Bauführer.

Einmal war es im Advent. Vater nahm es an, ohne mich zu fragen. Ich musste vom Schneider-Kieswerk an der Wörishoferstrasse - sie war bei der heutigen Auffahrt zur Autobahn nach München - einen Wagen Sand zum [Oberen] Bahnhof hinüber fahren. Es hatte in der Nacht etwas geschneit. Ich rutschte mit den beiden Anhängern die Auffahrt hinunter, so dass die Zugmaschine nach oben schaute. Das fängt ja gut an, dachte ich, aber es kam noch besser. Am Nachmittag war der Schnee weg. Ich stand mit der Zugmaschine auf der halben Seite der Straße und wollte gerade mit der Seilwinde den Wagen Sand herauf ziehen. Da kamen von Türkheim herauf zwei Lastwagen vom Fliegerhorst Kaufbeuren. Das Seil lag auf dem Boden. Ich dachte, fährst noch einen halben Meter weiter zur Seite, dass die besser vorbei können. Aber die Seilrolle lief nicht nach. Da spannte sich das Seil etwa 30 cm hoch. Der Laster bremste und rutschte in den Graben. Prompt gingen beide Türen auf und eine Horde Soldaten, voran ein Hauptmann, stürmten auf mich zu. Er schrie mich an, warum ich so etwas mache, wenn ich es nicht verstehe [kann]. „Sind's von der Kuh gebissen?" Den Ausdruck hab ich bis heute nicht vergessen. Eine Ladung Beschimpfungen prasselten auf mich nieder. Der Kommentar meinerseits: „Wenn ich von der Kuh gebissen bin, dann sind sie von einem Ochs gebissen. Ich wollte ihnen nur Platz machen, da straffte sich leider das Seil. Sie sollten ihre Mütze vor mir runter nehmen, statt ein Mädchen so anzubrüllen, dass ich diesen Trecker schon die ganzen Kriegsjahre fahre und mehr für die Heimat leiste, als mancher Etappenoffizier. Ich zieh sie wieder heraus, und dann machen sie, dass sie zum Teufel kommen." Betreten zogen sie ab. Der Gingele vom Kieswerk meinte nachher: „Da kriegst bestimmt eine Anzeige wegen Offiziersbeleidigung". „Das ist mir scheißegal", sagte ich, „aber weißt Du was? Jetzt kann mich die Fuhrwerkerei am Arsch lecken. Ich fahr jetzt heim und tu' auch Laibla backen wie die anderen Mädchen" und kippte die Fuhre Sand auf die Straße.

Wir hatten vier oder fünf Mal Einquartierungen. Die letzten von einer Küstenbatterie waren fünf Wochen hier. Zwei Soldaten waren aus Westfalen von einem großen Gut, der dritte war selbstständiger Bauer. Die staunten immer: „Bei uns müssen die Frauen nicht so schwere Männerarbeit machen, Kunstdünger streuen und fuhrwerken." Aber wer sollte es denn machen? Es waren ja nur Frauen und alte Leute da und die Kriegsgefangenen. Bei denen musste man auch stets dabei sein. Vater war bei seinem Geschäft. So waren wir, Loni und ich, meistens mit den Polen allein. Die Küstenbatterie hatte hinter dem alten Rathaus schwere Kanonen aufgestellt. Täglich holten vier Mann bei uns einen Dreibock mit Flaschenzug ab zum Hochziehen der Lafetten beim Exerzieren. Der Franz, der bei uns war, latschte mit den Soldaten den Hof herein, ging bei der Stalltür herein und fuhr mit uns aufs Feld. Mittags, als die den Bock wieder brachten, ging er mit den anderen wieder zurück. Einmal wäre es beim Abzählen beinah schief gegangen, aber ein anderer hat geistesgegenwärtig für ihn „Hier!" geschrien. Auch ein paar Pferde hatte Kompanie. Vater hatte dem Spies etwas Heu versprochen, das zwei Soldaten mit einem leichten Gummiwagen abholen sollten. Ich gab es ihnen. Bevor sie gingen schaute einer der beiden beim Bürofenster hinein. Da saß die Platzer Mini, eine Bürokraft. Sie war keine Schönheit. Da sagte der Rotzlöffel: „Alles ist Scheiße hier, auch die Weiber". Ich sah in meinem Arbeitsgewand bestimmt nicht zum Anbeißen aus, aber diese Feststellung von diesem Flegel war mir doch zu viel. Zufällig hatte ich gerade eine Pferdepeitsche in der Hand. Ich schwang die Peitsche und schrie ihn an: „Verlass sofort den Hof, sonst hau ich Dir die Geisel um dein freches Mal. Wir tun das Menschenmögliche in der Heimat und sind Scheiße, Du wirst von mir hören." Er erzählte den Vorfall beim Dempf Martin[51], wo er im Quartier war. Der meinte: „Da bist du an die unrechte gekommen, die brockt dir bestimmt was ein." Abends erzählte ich den Soldaten von dem Vorfall. Die meinten: „Das kann nur der blöde Schirmmützenträger gewesen sein. Morgen kommst du zum Appell". Ich berichtete dem Spies von dieser Beleidigung. „Suchen sie mir den Kerl heraus", was ich auch tat. Ein paar Tage Bau hat er dafür bekommen. Da musste die Kompagnie wieder an die Front. Sie kamen nach Norwegen. Leider war kein Lastwagen mit Seilwinde bei dem Tross. Sie bekamen die schweren Kanonen nicht aus dem Dreck heraus. Da musste ich auf Bitten des Spies, als Mädchen, vor den Soldaten die Kanonen mittels Seilwinde mit meinem Traktor aus dem Dreck ziehen. Ich habe mich damals köstlich amüsiert.

Dann kam der Bombenangriff auf Augsburg.[52] Es war Winter und kalt. Es war im Januar[53]. Augsburg lag in Schutt

---

[51] Augsburger Str. 4

[52] Hier ist wohl der verheerenden Angriff am 25./26. Februar 1944 gemeint.

[53] Hier könnte eine Verwechslung vorliegen. Wahrscheinlich war es Februar.

und Asche. Zwei Tage nach dem Angriff kam der Kienlemüller[54] von Wiedergeltingen zum Vater: „Sauter, du hast doch eine Zugmaschine. Meiner Schwester in Lechhausen hat eine Luftmine das Dach abgedeckt." Ein andermal bettelte eine Frau, gebürtig aus Amberg, man solle ihre Habseligkeiten die auf der Straße [in Augsburg] stehen, da das Haus zerbombt ist, nach Amberg bringen, wo sie Zuflucht fand. Vater sagte wie immer ja und schickte seine Tochter im Winter mit der ausgebombten Frau und ein paar Leuten nach Augsburg. Ein Anhänger wurde mit Dachlatten beladen, den anderen haben wir beim Kroen[55] in Schwabmünchen mit Dachplatten beladen. In Großaitingen, bei der Brauerei, geht es den Berg hinauf. Im Schnee waren zwei Fahrspuren heraus gefahren. Ich fuhr vorsichtshalber mit dem linken Bulldockrad in der rechten Fahrrinne und das war mein Glück. Plötzlich kam oben ein Wehrmachtauto in beiden Fahrspuren herauf und wenn ich das Steuer nicht herumgerissen hätte, wären wir zusammen geknallt. Ich fand mich mit den beiden rechten Traktorrädern samt den beiden Anhängern im Straßengraben wieder. Das Wehrmachtsauto war zum Teufel gefahren. Bergauf zurück fahren war unmöglich wegen der Auflaufbremse des einen Anhängers. So mussten wir ein Fahrzeug suchen das uns aus dem Graben zog. Das war der Anfang der Tragödie. Endlich in Augsburg angekommen bot sich ein Bild des Schreckens. Ausgebrannte Häuser, zerbombt und zerstört. Auf der Straße nichts als Schutt und Scherben. Eine Fahrrinne für zwei Fahrzeuge war frei geschaufelt. So kämpften wir uns durch die Ruinen, den Schmiedberg hinunter, in die Johannes-Haag-Straße, wo wir eilige das Zeug abluden um noch vor es Nacht wird die Möbel der Frau aus dem Haus bei der Bahnunterführung im Siebentischwald zu gelangen. Wir luden die Habseligkeiten

---

[54] Die Kienle- Mühle liegt östlich der Wertach, zwischen Wiedergeltingen und Türkheim.
[55] Schwabmünchner Bauunternehmen, heute Siemensstr. 23.

auf beide Wagen und fuhren fluchtartig gleich über das Messerschmiedgelände in Richtung Inningen. Die Frau saß bei mir auf dem Traktor. Da waren wir durch die Segeltuchwände geschützt. Aber die zwei Männer, der Haug Franz und mein Onkel saßen ungeschützt auf dem Wagen. Da fing es zu schneien an. In Schwabmünchen geht es ein kurzes Stück bis zum Amtsgericht leicht bergan. Da drehten die Räder durch. Mit der Seilwinde zog ich die beiden Wagen herauf. Dann ging es wieder weiter. Es war inzwischen dunkel geworden. Wir hatten Schwabmünchen bereits hinter uns. Da fing es an zu wehen und zu schneien und in kurzer Zeit sah man fast die Straße nicht mehr. Im Bulldock stehend, um die Straße besser sehen zu können, fuhren wir im dritte Gang, der entspricht ungefähr der Gangart eines Pferdes, immer in der Angst in einer Schneewehe stecken zu bleiben, in Richtung Ettringen. Endlich erreichten wir Ettringen. Da war wieder die Sorge, ob mein Rohöl wohl bis heim reicht. Es reichte bis zum Roten Stadel beim Ludwigsberg[56]. Da fing der Motor an zu stottern, er stotterte noch bis zum Deubler[57] herauf, dann war er aus. Als wir zu Fuß nach Hause kamen sagte mein Vater: „Wo hast du das Fuhrwerk?" „Es steht beim Deubler drunten, hab kein Rohöl mehr." Der Knecht holte den Bulldock und die Ladung mit den Pferden und brachte die Ladung in die Durchfahrt der Gemeindewaage[58]. Ich nahm ein heißes Bad um meine erfrorenen Knochen wieder aufzuwärmen und war froh, wieder daheim zu sein. Den Endlich Sepp mit dem [Stephan] Singer seinem Lanz Bulldock, den ich in Augsburg getroffen habe, hat es nicht bis heim geschafft. Er blieb im Schnee stecken und kam erst am andern Tag heim. Noch einmal bin ich in gleicher Mission nach Augsburg gefahren, immer in der Angst, jetzt kommen die Flieger. Dann hab ich mich geweigert.

---

[56] Türkheimer Heimatblatt Nr. 92
[57] Türkheim, Augsburgerstr. 37
[58] Kirchenstr. 9

Noch einmal bin ich in gleicher Mission nach Augsburg gefahren. Ein Zimmerlehrling aus Berg[59] – er ist gefallen – war dabei. Plötzlich kam Fliegeralarm. Ich band die Schweinwerfer mit meinem Kopftuch und Taschentüchern zu. So fuhren wir bei spärlichem Licht heim zu. Am Samstag früh um 1 Uhr waren wir endlich da.

Einmal, im tiefsten Winter war es: Tante und Onkel Jakob aus Schwabmühlhausen – sie waren ledig und hatten meine Großeltern gepflegt – hatten einige Stück Vieh und hatten kein Heu mehr dafür. Täglich telefonierten sie um Hilfe, aber es war unmöglich, bei dem vielen Schnee mit einem Wagen durchzukommen. Da ließ Vater auf zwei kurze Langholzschlitten einige Bretter machen. Darauf lud man eine Fuhr Heu. Ich montierte die Schneeketten auf den Traktor und so fuhr ich nach Schwabmühlhausen. Dank Vaters Schlittenkonstruktion ging es durch die Schneewehen. Als ich die ersten Häuser im Dorf erreichte liefen die Leute aus den Häusern und wunderten sich, dass ich durchgekommen bin. Nicht einmal die Pest hat es geschafft.

Zwischen Ettringen und Lamerdingen, bei dem Mooshof, hatten wir sechs Tagwerk Feld von Tante Walli. Der alte Fischer – Gott hab ihn selig – hat mir immer geholfen, wenn ich das Feld umackern musste, half mir den Pflug aufladen und ackerte die Anwand mit seinen beiden Pferden. An einem Samstag fuhren wir den Roggen heim. Zwei Fuhren hatten die Pferde, vier Fuhren brachte ich mit der Zugmaschine heim. Es waren eisenbereifte Heuwagen die kein schnelles Fahren erlaubten. Mit den ersten zwei Fuhren kam ich abends um 10 Uhr heim. Dann holte ich die restlichen zwei Wagen.

---

[59] Weiler, nördlich von Türkheim, Ortsteil von Türkheim.

Für's Telegrafenamt Buchloe sollte ich einmal eine Fuhre Masten von Jengen nach Oberauerbach fahren. Sechs Mann vom Telegrafenamt fuhren mit. Die Masten waren aufgeladen. Die Männer setzten sich auf die Fuhre, aber die Karre sprang nicht an. Die ganze Leitung für Öl und Luft hab' ich auseinander geschraubt. Sechs Mann hinter mir. Ohne Erfolg! Da ging ich zum nächsten Telefon und rief zu Hause an, dass ich fest sitze, sie sollen mir einen Monteur schicken. Wieder bei meinem Fahrzeug probierte ich es noch einmal und siehe da, es lief. So fuhren wir also nach Auerbach. Auf dem Weg kam uns der Vater mit dem Fingerle[60] entgegen. Wir winkten ab und es ging weiter. Ein andermal fuhr ich mit dem Adam zwei Anhängern Bretter nach Mindelheim zum Zimmerman. Beladen fuhren wir über Tussenhausen, Hausen, weil wir so keinen Berg zu fahren hatten. Heim fuhren wir über den Geigenberg und über Kirchdorf. Zuhause angekommen hielt ich an, da fiel von dem einen Anhänger ein Rad weg. Was wäre passiert, wenn das beladen oder am Berg der Fall gewesen wäre? Wie oft schickte mich Vater allein nach Memmingen zum Wassermann[61] um Zement und dergleichen zu holen. Bei diesen Bergen, der Kohlberg und die Mindelheimer Berge! Einmal betete ich schier einen halben Rosenkranz den Burgberg [in Mindelheim] hinauf, weil der Motor stotterte. Es war etwas in den Kraftstofffilter gekommen. Was hab ich für Angst ausgestanden, ich war ja allein und hätte niemand gehabt, der mir die Wagen unterlegt.

Es war nach Allerheiligen. Unsere Maurer machten am Bahnhof Wiedergeltingen eine große Betonmauer. Ich fuhr den Kies an, aus unserer eigenen Grube beim Oberen Bahnhof [Türkheim]. Da heraus zu kommen war jedes Mal eine große Schinderei. Auf der Fahrt dorthin kam ich an der

---

[60] Automonteur aus Türkheim.
[61] Memminger Baugeschäft

Zollhausgärtnerei[62] vorbei. Ich hielt an und wollte einen Strauss Chrysantemen kaufen. Es waren noch ein paar Leute im Raum. Ich fragte nach dem Gärtner. Man holte ihn aus dem Garten. Er kam herein und sagte, wo ist denn das Mädchen, das die Blumen will? Er erkannte mich nicht in meiner Männerkleidung. Als ich sagte, ich bin das Mädchen, da meinte er lachend: Du siehst bei Gott grad wie ein Mannsbild aus. Er gab mir einen großen Strauss Chrysantemen für 2 Mark. Allerheiligen war ja vorbei. Ich brachte die Blumen in einer großen, schönen Kristallvase zum Friedhof. Den Tag darauf lagen die Blumen im Grab, die Vase war weg.

Seit der Vater sein Auto hatte rührte er sein Motorrad nicht mehr an. Eines Abends schob ich das Motorrad aus der Garage. „Fahr mich auf die lange Wiese hinterm Haker", sagte ich zu unserem Bauführer, „ich will's fahren probieren." Gesagt, getan. Draußen angekommen setzte ich mich drauf, trat es an, betätigte die Kupplung, legte den 1. Gang ein und lies es laufen. Anweisung vom Sepp: „Die Kupplung langsam los!" Ich gab Gas. Beinahe wäre ich im Acker gelandet, aber dann hab ich es begriffen. Ich fuhr die lange Wiese hinaus, auf der Ramminger Strasse herein, den Flecken rauf und runter und dann in den Hof. Vater lag auf dem Kanapee und sagte: „Wer fährt denn da mit meinem Motorrad?" Mutter sagte: „Wer denn schon? Paula!" Von da an gehörte die Karre mir. Ich fuhr mit ihr ins Heu, Loni mit Rechen und Gabel auf dem Sozius. Mein Vater hat einmal mit dem Motorrade einen leichten Heuwagen zur Bahnhofwiese transportiert.

Da gab es noch eine rekordverdächtige Sache: Wenn dort am [Oberen] Bahnhof das Heu gemacht wurde, fuhr ich mit

---

[62] Das Zollhaus ist der letzte Hof des früheren Weilers Unterirsingen und gehörte damals zur Irsingen. Ds Zollhaus liegt an der Wertachbrücke südl. von Türkheim. Heute ist noch ein Gewächshaus dieser Gärtnerei erhalten.

dem Zügle ins Heu. Rechen und Gabel stellte ich auf der Plattform hin. Ich, mit dem Küchlakretta [Korb mit Küchlein] nahm im Abteil Platz. Wer kann das von sich behaupten, mit dem Zug ins Heu gefahren zu sein! Wenn wir am Heuen waren, war Vater immer dabei. Da wurden Helfer aus der Säge mit eingesetzt. Zehn Personen, das war keine Seltenheit, beim Umkehren [Heuwenden]. Beim [Heu-]Aufladen gab mein Vater immer Anweisungen an den Lader, dass es auch eine schöne Fuhre wurde und wenn die Wiese leer war, nahm er seine Mütze vom Kopf und sprach das „Ehre sei dem Vater"[63]. Er war ein tiefgläubiger Mann und wenn wir abends längst im Bett lagen, hörten wir ihn die Stiege herauf beten „Bevor ich mich zur Ruhe leg"[64]. Vor und nach dem Essen wurde gebetet und in der Allerseelenwoche betete er mit samt dem Gesinde täglich den Allerseelenrosenkranz [schmerzhafter Rosenkranz] für unsere dahin Gegangenen. Gewöhnlich waren Loni und ich mit den Gefangenen allein auf dem Feld. „Schau, dass was geschieht", spornte mich Vater an. Diese Rolle hatte mir den Spitznamen „Feldwebel" eingebracht.

Räder gab es keine im Krieg. So fuhren wir oft mit dem alten Gaul auf einem Dungwagen auf das Feld. Nur wurde der Liesel [unserem Gaul] die Warterei manchmal zu dumm und sie trottelte einfach unbemerkt heim und wir mussten bis vom Moos[65] herauf laufen.

---

[63] Ehre sei dem Vater und dem Sohn und dem Hl. Geist, wie im Anfang, so auch jetzt, und in Ewigkeit, Amen.

[64] Bevor ich mich zur Ruh begeh, ich Hand und Herz zu Gott erheb. / Und sage Dank für jede Gab, die ich von ihm empfangen hab. / Und hab ich heut beleidigt dich, verzeih mir' s Gott, ich bitte dich! / Dann schliess ich froh die Augen zu, es wacht ein Engel, wenn ich ruh./ Maria, liebste Mutter mein, o lass mich dir empfohlen sein. /Und du mein Heiland Jesus Christ, der du mein Gott und alles bist, in deine Wunden schliess mich ein, sie sollen meine Ruhstatt sein. Amen.

[65] Bezeichnung einer Flur im Norden des Haldenberges.

Im letzten Kriegsjahr wurde noch das große Lokomobil von der Ziegelei requiriert und ausgebaut.[66] Am Fuße des Ludwigsbergs fährt die Staudenbahn ein paar Meter von der hohen Böschung vorbei. Bis dorthin musste der Koloss transportiert werden. Vater nahm den Transport an. Die beiden Ingenieure staunten nicht schlecht, als am nächsten Morgen ein gestiefeltes Mädchen mit Schnabelmütze angefahren kam. Es hatte ihnen die Sprache verschlagen. Sie versicherten mir, noch nie mit einem Mädchen ein solches Unternehmen angegangen zu haben. Auf meine Frage: „Probieren wir es miteinander?" meinten sie kleinlaut, „Wir haben keine andere Wahl". Das Lokomobil, das ungefähr die Länge von 6 Metern hatte und in der Röhre ein Mann fast aufrecht stehen konnte, stand auf starken Eisenträgern. Diesen Trägern wurden gleichmäßig große Holzrollen mittels Winden unterlegt, alle halbe Meter. Zuerst musste es aus dem Kesselhaus gezogen werden, über das Ziegeleigelände, bis zur Straße. Es ging sehr schwer und die Seilwinde schaffte es kaum. Bei der Straße stand ein Leitungsmast, um den zogen wir das Seil, damit ich nur halbe Schnelligkeit und somit mehr Kraft hatte und siehe da, es funktionierte. Die Holzrollen, wenn sie hinten heraus kamen, musste sie der Rauch Xaver vorne wieder hinlegen. Durch das große Gewicht hat es viele zerdrückt. Wir waren schon fast bei der Straße, da passierte es: das Drahtseil hatte den Masten buchstäblich abgesägt und hing baumelnd an den Drähten in der Luft. Die Lechwerke mussten einen neuen Masten setzen. So kamen wir täglich 30 – 40 Meter unserem Ziele näher. Durch das Gut [Ludwigsberg] und dann an den Berg hinunter, was eine sehr gefährliche Sache war.

---

[66] Vgl. TH 91

Transport des Lokomobils 1934 auf den Ludwigsberg.

Da kam der Sonntag. Die beiden Ingenieure waren bei Frau Wiedemann in der Villa [neben dem Hof] in Quartier. Ich spazierte zum Kronenkeller hinauf, angetan mit einem schönen mit Tressen eingefassten, schwarzweisen Kostüm, Eidechsenschuhe, schwarze Samtkappe und mein Silberfuchs hing lässig über eine Schulter. Vorbei an der Villa. Die Herrn und Frau Wiedemann lagen in Liegestühlen auf der Terrasse. Da sagte der eine: „Da kommt eine tolle Dame den Berg herauf.! Frau Wiedemann stand auf und schaute sich besagte Dame an, dann lachte sie herzlich und sagte zu den beiden: „Ja kennt ihr heute euren Traktorfahrer nicht?" Ich war inzwischen im Kronenkeller dabei, ein Eis zu essen. Da kamen die beiden Herren hereingestürmt und schauten mich an wie das achte Weltwunder. Ihr Kommentar: Das gibt es doch nicht, wir hätte die graue Maus von gestern nicht wieder erkannt. Nach acht Tagen hatten wir das Monster am Bahngleis, wo es in folgender Nacht auf einem Waggon mittels Winden und Flaschenzügen verladen wurde.

Festwagen zum Maiumzug 1933. Auf dem Wagen (von li.): Sebastian Xalter mit Enkel, Joseph Maier, Hermann Kaltenmaier, Georg Engel, Hans Sauter (sitzend), Max Sing, Alois Sauter, Joseph Seitz (sitzend), Xaver Wagner, Jospeh Sauter, Eduard Schneider (mit Vogel), Georg Sauter, Saver Lutzenberger, Franz Ledermann, Joseph Müller, Karl Marchinger, Joseph Forster, Wilhelm Seitz, Hans Moser, Adam Mösnang.

Und so ging ein Jahr ums andere ins Land und der Krieg dauerte immer noch. Da flatterte eines Tages – ich glaube es war im Winter, ich stand auf der Straße – ein Flugblatt vom Himmel. „Deutsche ergebt Euch! Stalingrad ist gefallen! General Paulus kapitulierte!" Da wussten wir, dass das Ende kommt, so oder so. Wir waren beim Misttreiben auf dem [Halden-]Berg, da war plötzlich ein Maschinengewehr-Geknatter. Ein feindlicher Jäger war im Anflug. Der Franzose schrie: „Schnell, in den Graben" und schon flogen sie über uns weg. Da sagte der Remig: „Jetzt kommen wir bald nach Hause."

Etwa um diese Zeit kam mein späterer Mann mit einem Lazarettzug nach Wörishofen zu den Dominikanerinnen ins Lazarett. Er hatte einen Bauchschuss der dreimal den Dünndarm durchtrennte. Als die Sanitäter das Schlachtfeld absuchten und ihn sahen quellten die Därme heraus. Da sagten sie: „Hoffnungsloser Fall" und ließen ihn liegen.

44

Aber er schrie so laut, dass sie ihn doch auf dem Lastwagen hoben und ihn in ein Feldlazarett brachten. Der Stabsarzt sah, dass Eile geboten war. An den Darmenden war bereits der Brand eingetreten. Sie waren Gott sei Dank leer, weil er schon ein paar Tage nichts zu essen hatte. Man nahm die Därme heraus, legte sie in Spiritus, um sie wieder zu beleben. Als sich nach ein paar Stunden nichts geändert hatte, wurde er in der Nacht noch in einem Raum mit zerschossenen Fenstern operiert. Dreimal 30 cm Darm mussten amputiert werden. Als er erwachte, war seine Zunge mit einer Sicherheitsnadel an sein Hemd gehängt. Sie war so geschwollen von dem Äther. Neun Tage bekam er weder zu essen noch zu trinken. Dann kam der Oberarzt zu ihm und sagte: „Kamerad, jetzt haben wir sie überm Berg. Das haben sie ihren Eltern zu verdanken, weil sie ihnen ein so gesundes Blut vererbt haben." So war er also in Wörishofen gelandet: ausgehungert und geschwächt. Als er wieder gehen konnte, half er den Schwestern Holz aufschichten um ein paar Scheiben Brot; oder er bettelte in der Umgebung von Wörishofen für sich und seine Kameraden um Brot.

Bei uns auf dem Hof ging es so schlecht und recht um. Vater hatte eine Flüchtlingsfamilie aus dem Elsass in der Wohnung über dem Pferdestall aufgenommen. Die hatten zwei Pferde, die wir gut gebrauchen konnten. Wir hatten nur noch die alte Liesl. Aber es war eine Katastrophe: Gelinde gesagt: Zigeuner. Unser Pferd hatte in kurzer Zeit Läuse. Ich habe mich halb zu Tode geärgert. Jeden Tag war etwas kaputt oder sonst was.

Da kam der 24. April 1945. Es war Vaters Geburts- und Namenstag. Der Pater Firmian kam, um Vater zu gratulieren und sagte: „Herr Sauter, in ein paar Tagen sind die Amerikaner da und alles ist vorbei!" Wenige Tage vor dem Ende fuhr ein Hauptmann in den Hof und beschlagnahmte die Zugmaschine und das Auto. Das hatte aber keine Räder mehr, die hatte ich vorsichtshalber abmontiert und im Heuboden versteckt. Vater sagte zu mir: „Tu was, dass der Bulldock nicht mehr geht!" Als ob er es geahnt hätte, sagte der Hauptmann in scharfem Ton: „Stellen sie nichts an dem Fahrzeug an, sonst kommen sie vor's Kriegsgericht." Also waren wir auch die Zugmaschine los.

Am Oberen Bahnhof wurde fast über Nacht ein paar Monate vor Kriegsende ein Judenlager errichtet.[67] In unsere große Wiese beim Bahnhof hat die Organisation Todt, ohne uns zu verständigen und zu fragen, zwei Hallen, Baracken und Geleise in das noch stehende Heu hineingebaut. Wir hatten von allem keine Ahnung. Unter dem Wald haben sie vier Wachtürme, Stacheldraht noch und noch und Erdlöcher mit einem primitiven Dach drauf als Behausung für Juden gebaut. In einer Nacht- und Nebenaktion über Nacht war es da, das Judenlager. Wir konnten die hell erleuchteten Wachtürme von zuhause aus sehen. Einmal haben sie bei uns Stangen geholt. Drei Wachsoldaten und einige Juden. Ausgehungerte Gestalten. Da sagte mein Vater zur Tante: „Koch für die armen Kerle einen Topf Suppe." Sie aßen und einer der Juden bettelte mich, wir sollen ihn zur Arbeit in der Landwirtschaft anfordern. Ich ging zur Kommandantur, um den Mann zu bekommen. Aber es scheiterte an dem, weil ich zur Bewachung des Juden auch einen Wachsoldaten hätte zahlen müssen. Gott sei Dank dauerte das Elend nicht mehr lange.

Einen Tag vor dem die Amerikanern kamen: Wir hatten Wertgegenstände (Wäsche und dergleichen) eingemauert und im Heu versteckt. Sie ließen sie die Juden laufen. Die kamen alle nach Türkheim herunter. Wir nahmen vier Mädchen bei uns auf. Dann wurde es Abend. Man hörte von weitem das Kriegsgeschehen. Der Vater sagte, wir sollen mit den Kleinen ins Bett gehen, man weiß nicht, was alles

---

[67] Alois Epple, KZ Türkheim, Bielefeld 2009

passieren kann heute. Um Mitternacht rasten Pferdegespanne die Ramminger- und Tussenhauser Strasse herein, hinter her die Amis mit Panzern und Kampfwagen. Wir stiegen auf den Speicher, befestigten ein Leintuch an die Fahnenstange. Die Judenmädchen sprachen uns Mut zu. Sie sagten, sie wollen bei den Amis für uns sprechen. Am Morgen war die Welt verändert.

Ab 10 Uhr durfte man aus dem Haus, um einzukaufen. Überall Neger und Amis. Um die Mittagszeit ging das Haus vom König (Seeger)[68] in Flammen auf. Ein deutscher Soldat, der sich in diesem Haus versteckt hat, schoss hinaus, die Amis schossen das Haus in Brand. Der Soldat verbrannte darin. Bei uns war das ganze Haus voll Amis. Im Büro hatten sie so eine Art Schreibstube eingerichtet. Im Wohnzimmer leerten sie alle Schnapsflaschen, die im Büffee waren. 30 Eier standen in der Speis in einem Korb. Die haben sie alle auf einmal in eine Pfanne gehauen. In Bleyers Garten und an der Bahnlinie stellten sie schwere Geschütze auf und schossen immer in Richtung Wald. Endlich, am Abend, zogen sie ab und wir konnten wieder unserer Arbeit nachgehen. Die Judenmädchen halfen uns am Anfang bei der Arbeit. Leider haben Loni und ich – scheinbar benützten sie einmal einen Kamm von uns – von ihnen Läuse bekommen. Frau Apotheker, bei der ich was dagegen holen wollte, sagte: „Da seid ihr nicht die einzigen, wascht den Kopf mit Benzin." Das war vielleicht eine Tortur, bis wir die Läuse wieder los hatten. Die Polen und der Franzose hörten sofort auf, zu arbeiten. Nur der Jakob blieb, bis er heimtransportiert wurde. Mit den Elsässern hatten wir unsere liebe Not. Alle Tage gab es Ärger. Sogar in die Schmiede schickte mich Vater mit der Liesel. Beim Beschlagen [des Pferdes] die Pferdehufe aufheben, das ging verdammt ins Kreuz. Niemand konnte ins Langholz fahren.

Die Zugmaschine vermissten wir sehr. Da, nach drei Wochen, kam ein Soldat von der Kompagnie, die uns die Zugmaschine weggenommen hatte nach Türkheim. Sie [die Zugmaschine] war noch bis nach Häselgehr[69] in Tirol gekommen. Da hat sie der Amerikaner aufgelöst und die Soldaten laufen lassen. Von dem erfuhr wird, dass der dortige Bürgermeister sich unsere Zugmaschine angeeignet hatte. Vater schickte mich nach Mindelheim zur Militärregierung mit den Kraftfahrzeugpapieren, um eine Bestätigung unseres Eigentums zurück zu holen, die ich auch sofort bekam. Drei Mann fuhren mit einem Mietauto dort hin, aber der Bürgermeister wollte sie nicht mehr hergeben. Der Schuster Toni, er konnte gut Englisch, zeigte der dortigen amerikanischen Dienststelle das Papier von Mindelheim. Ein Offizier ging mit zum Bürgermeister und sie konnten den Bulldock mitnehmen. Wir waren überglücklich, den Traktor wieder zu haben.

Der Franz [Jakwerth] war vom Fischer zum Seber gewechselt. Er hatte inzwischen auch seine Heimat im Sudetenland verloren und konnte nicht mehr heim. Er wusste auch nichts von seinen Angehörigen. Von seiner Schwester, Frau Seber, erfuhr mein Vater, dass der Soldat [Franz Jakwerth] aus dem Sudentenland nicht mehr heim kann und zu Hause immer ins Langholz gefahren ist. Mein Vater war einmal beim Weberschmied[70]. Da sagte er zur Sebertante, dass da ein Mädchen in der Schmiede war, mit blaukariertem Dirndel und Stiefeln. Die hat vielleicht geschimpft auf einen Knecht, der alles kaputt macht. Die Seberin sagte, das kann nur die Paula von meinem Bruder gewesen sein. Der Franz sagte, die tät ihm gefallen. Als es dann wieder Stunk gab mit dem Bulldock, holte Vater den Franz beim Seber. Gleich das erste Mal, als er nach Amberg ins Langholz fuhr – es war sehr heiß – wollte er bei einem

---

[69] Südl. von Reutte.
[70] Tussenhauser Str. 1

Bauern Wasser trinken. Da gingen die Pferde an. Es war an der Einmündung in die Straße nach Türkheim. Sie nahmen aber die Kurve zu eng, so dass das Holz an den Berg anstieß und die Fuhre umkippte. Er räumte das Hindernis an den Wegrand und fuhr leer heim. Vater fragte, wo er das Holz habe. Da erzählte er von seinem Missgeschick. Da meinte Vater, dass das jedem mal passieren kann. „Holt's es halt am Nachmittag. Von da an war ein Mann da für's Fuhrwerk und ich war erlöst.

Am Anfang verstanden wir uns nicht so besonders. Ich musste ihm die Arbeit zeigen, wie man das in Schwaben macht. Wegen einer Nierenentzündung musste er drei Wochen ins Krankenhaus und ich musste mich wieder mit dem Fuhrwerk herum schlagen. Hinter dem Hacker mähte ich die lange Wiese. Da kam er und setzte sich zu mir auf den Traktor. Ich war so froh, dass er wieder da war. Ein Funken fing an zu glühen. Es kam, wie es kommen musste und ich sagte zum Vater, dass ich den Franz heiraten werde. Er schätzte ihn zwar, aber er hatte sich einen anderen Schwiegersohn vorgestellt. Aber da war nichts mehr zu machen. Da war auch die Rita [das Kind] schon unterwegs.

Wir heirateten also und wohnten noch daheim. Mir hat Vater immer die Landwirtschaft versprochen und Resi sollte das [Bau-]Geschäft bekommen. Eine große Scheune hatte Vater vor 12 Jahren auf unser heutiges Grundstück gebaut.[71] Dazu sollte nun ein Wohnhaus kommen. Franz grub mit ein paar Heimatvertriebenen den Grund aus. Bis zum ersten Stock reichten die Ziegel, die wir hatten. Ich fuhr zu meiner Patin nach Greifenberg. Die hatte eine Ziegelei. Aber mein Onkel sagte: „Bring mir einen Waggon Kohlen und ich brenne dir Ziegel!" Also nichts. Das Haus war zweistöckig geplant und genehmigt. Es waren keine Ziegel aufzutreiben. Man suchte alle Lager und Bauhütten ab, um mit Mühe und

---

[71] Keltenweg 2

Not die Giebel mauern zu können. Um Dachplatten zu bekommen mussten wir eine ganze Sau nach Lochhausen bringen. Und so stand endlich der Rohbau. Auch auf dem Satteldach hängt eine Sau dran.

Im März, ein Tag vor Josephi [19. März], fütterte ich das Baby Rita. Es war etwa um halb Fünf in der Früh. Da sah ich beim Roiser[72] Licht brennen und dachte mir: Was tut denn der Nazis [Roiser] schon auf heute? Nach einer Weile stand der Franz auf. Da rief der herauf, dass da so viel Rauch von hinten kommt. Franz lief hinunter und bis zur Säge und sah, dass der [unser] Stadel in Flammen stand. Er schrie: „Der Stadel brennt", alarmierte die Feuerwehr, rannte hinaus, sah, dass an ein paar Stellen bereits der Anschlag vom neuen Haus brannte. Mit dem Xalter, der in der Nähe wohnte, zog er eine Fuhre Gerüstzeug vom Brandherd weg und löschte mit Kübeln die Brandstellen am Anschlag vom Haus. Es war ein riesiges Feuer. Heu und Stroh, eine Fuhre Heu stand auf der Tenne. Die hatten wir tags zuvor aufgeladen aber wegen dem Wind nicht heimgefahren. 50 m³ Schreinerware. Fünf Heuwagen. Ein neuer Breitdrescher und Zement und anderes. Ich stand am Feuer und weinte hemmungslos. Der Roiser Nazis stand neben mir und schaute mich so sonderbar an. Hätte ich gewusst, dass er angezündet hat, ich glaube, ich hätte ihn ins Feuer gestoßen. Nun hatten wir ein Haus im Rohbau aber keine Scheune mehr. Der Narzis war wiederholt im Nervenkrankenhaus Kaufbeuren. Seine Mutter nahm ihn auf eigene Verantwortung aus der Anstalt. Jetzt diese Katastrophe. Die Feuerwehrleute wuschen nach dem Brand die Schläuche am Bächle. Da kam der Naz und sagte zu ihnen: „Hab ich nicht einen schönen Wind heraus gesucht? Drei Zündhölzer und ein solches Feuer!" Die Männer sagten zueinander: „Am Ende hat gar der Naz angezündet!" Der Gendarm Walter kam gerade des Weges. Dem sagte sie, was der Naz eben gesagt hat. Der fuhr sofort

[72] Rosenstr. 5

zum Roiser, wo der Naz gerade seiner Mutter die Tat erzählte: Er habe vom hinteren Tor die Überschlaglatten abgerissen, auf der rechten Seite einen Haufen Zementsäcke getan und auf der Tenne eine Fuhre Stroh getan und dann den Strohstock auf der linken Seite angezündet. Von da an leugnete er die Tat.

Über den Sommer wurde mein Haus fertig. Alles was man so zum Innenausbau brauchte konnte man nur gegen Lebensmittel schwarz bekommen. Die Ernte mussten wir im Freien lagern und draußen dreschen. Endlich, kurz vor Weihnachten konnten wir den Stadel aufrichten und das Stroh hinein tun. Vater hat das Unglück schwer mitgenommen und er kränkelte. Dazu der Prozess mit Frau Roiser, da wir durch die Währungsreform [1948] von der Brandversicherung 60% Entschädigung und von der Mobiliarversicherung 10% bekamen. Der Täter konnte nicht verurteilt werden, laut Paragraf so und so. Es wurde nur die Täterschaft ermittelt und die stand nach seinen eigenen Schilderungen vom Tatort für das Gericht eindeutig fest: Wie konnte er wissen, dass auf der Tenne eine Fuhr Stroh stand? Ein Haufen leerer Zementsäcke? Wenn er nicht drinnen war! Durch einen Zivilprozess wurde die Mutter zur Zahlung des Schadens verurteilt, was Vater eigentlich verhindern wollte. Wenn Frau Roiser ihm von ihrem eigenen Wald Holz zum Wiederaufbau der Scheune gegeben hätte, wäre es ohne Prozess gegangen. Aber die stellte sich stur.

Vater ging es immer schlechter und ich ahnte sein Ende. Es war Sonntag nach Fronleichnam. Vater und ich waren während der Kirche allein. Ich war hochschwanger mit Rudi. Da erlitt er einen Schlaganfall. Ein paar Tage danach verlangte er nach einem Notar, aber es war zu spät. Er war nicht mehr bei klarem Verstand. Am 14. Juni 1949 schloss mein geliebter Vater für immer die Augen und ich ahnte den

Anfang einer Tragödie. 14 Tage später kam der Rudi auf die Welt.

Nun waren wir also eine Erbengemeinschaft. Rechtlich musste durch vier geteilt werden. Ich hatte jahrelang die Hauptarbeit auf dem Hof gemacht und Vater hatte mir die Landwirtschaft versprochen. Aber Tante und Loni gingen sofort auf die Barrikaden. Wir wollten im Herbst hinausziehen, aber wir kamen zu keiner Einigung. Um endlich aus dieser Situation heraus zu kommen unterschrieben wir einen Schandvertrag. Die Hälfte der Grundstücke, die besseren, behielt meine Schwester. Vier Stück Vieh, ein Stier, ein junges Pferd, einen Wagen und eine alte Mähmaschine hat man mir zugestanden. Außerdem musste ich Loni und Anni 6.000 Mark hinaus zahlen. Loni bekam die beiden Wälder und den Bauplatz. Anni ein Haus und ein Grundstück, das Bauplätze waren. Das war mein Anfang 1949.

Franz kaufte auf Pump einen Gaul. Auf der Raiffeisenbank borgten sie ihm nicht einmal 100 Mark. Meine Wohnung bestand aus Küche und Schlafzimmer. Franz fing an, Holz zu rücken für das Forstamt Tussenhausen und fuhr für die Gemeinde. Wir hatten ungefähr 300 Mark Milchgeld im Monat. Am Anfang war es schlimm. Franz sagte oft: Du tust mir leid, eine vermögende Bürgerstochter und jetzt das da." Das wird sich bald ändern, war meine Antwort - und es änderte sich auch. Der Viehstand wuchs. Das Haus bauten wir aus. Zwei Familien aus Franz' Heimat, Pospischil und Machold. zogen ein. Die Anna half uns auf dem Feld, ebenfalls Frau Seifert. Der Pospischil half im Stall. Aber er war mit Vorsicht zu genießen. Er war ein echter Kommunist. Inzwischen hatten wir zwei Felder gekauft, die Pferde aus dem Kuhstall heraus genommen und in die Wagenhütte einen Pferdestall gebaut. So ging es aufwärts.

Wir haben gespart und gerackert. Um vier Uhr fuhren wir ins Grünfutter. Um 5 Uhr waren wir im Stall. Um 7 Uhr fuhr Franz mit dem Baumwagen ins Holz für die Waltermühle[73] und fürs Forstamt [Tussenhausen]. Auch die landwirtschaftlichen Arbeiten mit den Pferden machte er dort. Ich mähte und strickte alles für meine Familie. Mein Arbeitstag bestand im Sommer aus 17 Stunden. Wenn es regnete konnte ich waschen, mit der Hand natürlich. Die Anna half mir die Wäsche bürsten. Der Sonntag dauerte von 14 bis 17 Uhr. Da musste ich die Arbeitskleidung, Handschuhe und dergleichen flicken. Aber wir waren jung und gesund. Die Kinder gingen alle zur Schule, sie waren gute Schüler. Rita wollte unbedingt auf die Mittelschule. So gaben wir sie ins Internat nach Kloster Wald. Das war für uns ein großes finanzielles Opfer. Aber es hat sich gelohnt.

1962 war für mich ein schlimmes Jahr. Am Dreikönigsmorgen [6. Januar] rutsche ich am Morgen mit dem Melkmaschinenkopf in der Hand auf der vereisten Treppe vor dem Haus aus und brach mir im Kreuz einen Quervortsatz ab. Drei Wochen Krankenhaus. Im Mai wurde bei mir eine zweite Kropfoperation notwendig. Sieben Wochen war ich im Nymphenburger Krankenhaus, wobei sie mir ein Stimmband durchtrennten. Viele Jahre war ich stockheiser. Anschließend kam ich nach Riederau am Ammersee zur Genesung. Da hatten wir bereits ein Auto. Franz kam sonntags mit den Kindern auf Besuch. Auch Rita, die im Kloster Wald war, war dabei. Da passierte wieder was in dem Genesungsheim: Rita war vom Kahnfahren etwas schwindlig und lehnte sich mit einer Flasche Wein in der Hand an eine Tür neben dem Aufzug. Der ging auf und Rita stürzte in den Keller, die Weinflasche in der Hand, 20 Marmorstufen hinunter. Ich dachte, sie ist tot. Von den Glasscherben zerschnitten, den Arm gebrochen, so brachte Franz sie ins Türkheimer Krankenhaus und er war allein mit

---

[73] Säge und Mühle am „Oberen Wehr" an der Wertach in Türkheim.

dem Rudi und der Anni. Eine Aushilfe machte die Kühe und die Anna half im Haushalt. Lange hatte ich mit dem Hals zu tun, auch heute noch. Aber es musste weiter gehen. Damals kaufte Franz einen Lanz-Auflader. Rudi musste, er war damals in der 6. Klasse, damit allein das Futter für das Vieh holen und Anni die Milch noch vor der Schule zur Molkerei bringen. Der Viehbestand war bereits auf 20 Stück angewachsen.

Alle drei Kinder mussten früh anfangen zu arbeiten. Ab und zu kam ein Händler zur Frau Pospischil. Da kaufte der Franz den Kindern jedem ein Täfelchen Schokolade und eine für sich. Er rauchte nicht, aber sonntags war immer Kuchen und Kaffee da, den er über alles liebte. Alles was auf dem Hof gewachsen ist, wurde verwertet und eingeweckt: Ringlotten, Äpfel, Birnen, Johannesbeeren. Nichts verdarb. Zum Metzger kam ich selben. Wir aßen das Fleisch und die Wurst vom Schwein, das eingedost, eingeweckt und später eingefroren wurde.

Als Rita mit der Mittelschule fertig war, kam sie als Bürokraft nach Wörishofen ins Autohaus Waibl, wechselte aber blad in die Raiffeinsenbank nach Türkheim; damals noch bei Reiter Heinrich[74], zu Herrn Pascher. Das neue Gebäude war im Bau[75], in das sie dann nach Fertigstellung übersiedelten. Auch ging sie schon mal tanzen und es dauerte nicht lange, da brachte sie einen Freund nach Hause. Der war 21 Jahre jung und sie 18. Wenn er da war sagte ich zu Franz um 10 Uhr: „Schick ihn jetzt heim". Da sagte Franz: „Er wird sie schon nicht gleich fressen." Das war nicht der Fall, aber was anderes war los. Sie war schwanger und das mit 18 Jahren. Er war Leiter der Raiffeisenbank in Mittelneufnach, wo man gerade im Begriff war, eine Bank mit Wohnung zu bauen. Also wurde

---

[74] Augsburger St. 9
[75] Augsburger Str. 20

geheiratet. Die beiden wohnten in Memmenhausen bei seiner Mutter und beide arbeiteten auf der Bank in Mittelneufnach. Am Nikolaustag wurde der Armin geboren, ein Jahr danach die Charlotte. Die Wohnung auf der Bank war fertig. Nun mussten wir wieder Federn lassen und die Möbel kaufen. Wir haben ihnen eine gediegene Einrichtung gekauft, vieles hat sie selbst bezahlt. Die ganze Aussteuerwäsche habe ich selber genäht, ihre Kleider und das alles nebenbei.

Allmählich wurde die Stallarbeit fast zu viel für mich. Die schweren Melkmaschinenkübel machten mir Kreuzbeschwerden.

Rudi war inzwischen auch aus der Schule und ging ab und zu zu den Maurus Brüdern. Diese legten ihm nahe, eine Lehre zu machen, was er auch tat. Dann ging er zur hiesigen Musikkapelle und so begann auch für ihn ein neuer Lebensabschnitt. Er brachte auch bald seine Frau ins Haus. Er heiratete Jutta und hat mit ihr die Silke und den Markus. Er gründete ein Agra Center: Melkanlagen und dergleichen.

Die Anni ging nach dem Schulabschluss als Lehrmädchen zum Kaufhaus Landherr [Maxililian-Philipp-Str. 31], dann wechselte sie ins Bankfach: Raiffeisenkasse Türkheim. Dann eröffnete sie im Mahlerhaus bei der Pfarrkirche [Maximilian-Philipp-Str. 2] eine Boutique. Anni heiratete nach Wörishofen.

Ich machte die ganzen Änderungen und Näh- und Flickarbeiten für alle vier Haushalte. Was habe ich in meinem Leben alles zusammengenäht. Ich glaub, der Faden geht über den Globus herum. Die Landwirtschaft gaben wir schweren Herzens auf. Wir waren beide verbraucht und Rudi wollte nicht weiter machen, weil das Geschäft ihn ganz in Anspruch nahm.

Franz ließ sich in Krumbach ein neues Hüftgelenk einsetzen, was nicht so recht hinhaute. Er war auf den Knochen total kaputt: Kreuz, Knie, Hände und Füße. Eine Kur in Bad Füssing brachte keine Besserung. Aber es war sein erster Urlaub. Er hat ihn auch genossen. Mit Franz seinem Herzen ging es immer schlechter. Eines Nachts weckte er mich und sagte: „Mamma, ich glaube, ich sterbe jetzt". Er nahm meine Hand und sagte zu mir: „Ich danke dir dafür, dass du mich armen Flüchtling eine neue Heimat gegeben hast und ich danke dir für das Leben, das du mit mir geteilt hast." Ich wollte den Arzt anrufen, er aber sagte: „Bleib bei mir bis es vorbei ist." Es ging ihm dann wieder besser, bis zum Morgen. Dann ging er zum Dr. Maier. Als er heim kam sagte er zu mir: „Ich war bei der Loni drinn und hab mich mit ihr ausgesöhnt." Es hatte vor kurzem eine kleine Meinungsverschiedenheit zwischen den beiden gegeben.

Drei Wochen später, an einem Samstagabend, wir saßen beim Fernseher, er hatte schon seinen Schlafanzug an, stand er plötzlich auf und ging ins Schlafzimmer. Ein paar Minuten später gab es auf dem Gang einen Plumpser. Ich stürzte hinaus. Da lag er am Boden und stöhnte. Ich rannte zum Rudi hinüber: „Komm schnell, ich glaub der Vater stirbt!" Er hob ihn auf, trug ihn in sein Bett, machte Mund-zu- Mund-Beatmung und Herzmassage. Aber es war zu spät. Der Arzt konnte nur noch seinen Tod feststellen. Ein schweres, arbeitsreiches Leben für die Seinen war zu Ende gegangen.

Nach 35 Jahren Gemeinsamkeit war ich nun allein. Die ersten Jahre allein waren schwer für mich. Aber die Zeit heilt Wunden. Alle unsere Freunde aus Rammingen, mit denen wir so viele schöne Stunden und gemeinsame Fahrten erlebt haben sind weggestorben. Auch der Herr Jahn, der bei mir im Hause wohnte. Zu meinem 70ten Geburtstag fiel ich bei der Rita von einem Drehstuhl und brach mir zwei Wirbel. Fünf Jahre später, es war bei der Anni: Ich spielte mit dem [Enkel] Patrik im Garten, wo auch eine Kinderrutsche stand. Der Patrik sagte: „Komm Oma, wir fahren die Rutsche runter." Er fuhr runter und dann – ich alte Kuh – auch die Leiter hoch und runter. Aber mein Gewicht war zu solchen Späßen zu schwer. Ich konnte nicht mehr aufstehen. Ich hatte mir wieder einen Wirbel gebrochen. Ich schleppte mich mit Mühe ins Haus. Anni fragte, was passiert sei. Ich log: „Gestolpert bin ich und hingefallen." Da sagte das Kind: „Die Oma ist die Rutsche runter gefahren, dann hat sie ein Aua gehabt." Kinder und Narren sagen die Wahrheit. Die Folge: Fünf Wochen Krankenhaus Schwabmünchen. Heuer im Mai hab ich mir wieder im Kreuz was gemacht und fünf Wochen herum gegangen. Dann hat mich ein Auto mit dem Radl umgefahren. Folge: Oberschenkelhalsbruch. Drei Wochen Krankenhaus Buchloe. Ein paar Tage nach meinem Unfall brach sich Rita durch einen Sturz im Haus den Vorderfuß und alle guten Dinge sind drei: Meine Schwester Loni die Hand. Sie wurde ebenfalls von einem Auto angefahren. Leider ist seit dem Unfall kein Staat mit mir zu machen. Ich kann sehr schlecht laufen.

Inzwischen bin ich 79 Jahre geworden und ich lebe nur noch für meine Kinder und Enkel. Rita arbeitet noch immer im Imobiliengeschäft der Bank, ihr Franz ist noch Bürgermeister der Gemeinde. Rudi betreibt mit seinen Angestellten das Agrarcenter. Markus [sein Sohn] ist Heizungsmonteur. Silke seine Tochter] ist Polizistin. Der Armin [Sohn von Rita] ist Koch. Er hat im Kronenkeller hier gelernt und wohnte damals bei uns. Er ist schon 10 Jahre in Oberstdorf im Vitalhaus Koch, wo auch seine Braut arbeitet. Sie haben in Burgberg eine schöne Eigentumswohnung. Karin [seine Braut] ist ein Kind der Berge und will nicht weg von da oben, der Armin inzwischen auch nicht. Die Charlotte [Schwester von Armin], war immer eine Superschülerin. Sie konnte schon gut lesen bevor sie in die

Schule kam. Sie hat Biologie studiert und heuer den Doktor mit 1,3 absolviert. Sie ist jetzt bei der Pharmaindustrie angestellt. Ihr Mann, der Erwin, ist Elektroingenieur. Sie wohnen in Augsburg. Kommendes Jahr ist die kirchliche Trauung.

Der Anni ihre beiden Buben Patrik und Sebastian machen mir viel Freude. Michael Schregle und [seine Frau, meine Tochter] Anni betreiben ein Dentallabor. So ist alles versorgt. Michael ist der geborene Unternehmer.

Es ist nicht leicht für mich, plötzlich nicht mehr arbeiten zu können, sich teilweise nicht selber helfen zu können. Aber es geht jedem gleich. Einmal kommt für jeden das Ende. Wie lange noch und unter welchen Umständen, das weiß nur Gott. Ich habe meine Lebensgeschichte für meine Nachkommen aufgeschrieben, nicht um mit Leistungen zu glänzen, sondern um anderen Mut zu machen, sich selbst etwas zuzutrauen. Wir sind alle Kämpfernaturen. Das haben wir vererbt bekommen von unseren Vorahnen und Gott sei Dank für die Fertigkeit meiner Händen und meinen hellwachen Geist und ganz besonders für mein phänomenales Supergedächtnis. Ich glaube, ich habe das meine getan, auf dem Platz, wohin Gott mich gestellt hat.

Bei mir zuhause

Ich bin in einem gutbürgerlichen Haus aufgewachsen, mit guten, fürsorglichen Eltern und der Tante Walli.

Die Kleidung der damaligen Zeit war zeitlos. Die Kleinen mussten von den Großen die Sachen weiter auftragen. Mutter kaufte gute Stoffe. Ich kann mich noch gut erinnern an die Matrosenkleider und die großen, blauen Strohhüte mit langen Bändern, Schnürschuhe, im Winter dicke, weiße Wollstrümpfe, die furchtbar gejuckt haben. Auch die Buben hatten Strümpfe mit einem Knopf dran, Strapse und Leibchen dazu. Es gab keine langen Hosen für die Buben. Die alte Fischerin war unsere Hausnäherin.[76] Die sogenannte gute Kleidung machte die Himer Hanni [Johanna] und Burgi [Walburga]. Damals gab es eine strenge Kleiderordnung. Für Festtage das taftseidene Schwarze, für Vater die schwarze „Wix", das war Frack und Zylinder oder der Gogs [Hut]. Sonst normale Kleidung: Anzug und Velourhut, steife Kragen, die eine der Heiler Schwestern gestärkt und gebügelt hatte. Da konnte es schon einmal passieren, dass man vor dem Amt [feierliche hl. Messe] noch den vergessenen Kragen dort holen musste. Zu Veranstaltungen wie Christbauversteigerungen und dergleichen ging Vater und Mutter, ebenso zu Kaffeekränzchen, die jeder Wirt im Fasching veranstaltete und wo man schon aus geschäftlichen Gründen hingehen musste.

Da wurde das Haar mit der Brennschere bearbeite und das gute Häs [Kleidung] angezogen. Ein Tüllschahl mit langen Seidenfranzen machte die Garderobe komplett. Mutter brachte immer fünf Stück Kuchen mit nach Hause. Auf den

---

[76] Die Näherin kam auf die Stö(h)r. Sie kam ins Haus, nähte dort und aß mit der Familie. Der Herausgeber erinnert sich noch an Frau Zwinger, welche bis ca. 1960 auf die Stör zu seiner Familie kam.

wir immer gewartet haben. Schaumrollen und dergleichen hatten damals Seltenheitswert.

Rosenstraße 222, um 1935

Samstagnachmittags kochte Mutter in der großen Messingpfanne Tee, den wir immer selbst gesammelt und getrocknet hatten: Pfefferminze hatten wir im Garten, Lindenblüte mussten wir Kinder von den Bäumen pflücken. Wir hatten ein leichtes Leiterchen, damit pflückten wir sie [Lindenblüten] von den Bäumen an der Hochwegstrasse

[Hochstraße] am Bahngleis. Huflattich, Spitzwegerich, Schafgarbe, Schlüsselblumen, Holderblüten und –beeren wurden gesammelt. Das war unser Sonntagsgetränk. Ein herrlicher Hefezopf, dick mit Butter bestrichen und eine Erdbeermarmelade, die Mutter im Kübelchen kaufte, das war der einzige Lexus, den Mutter sich leistete.

Wir waren immer zehn bis zwölf Leute, mit dem Gesinde, beim Mittagessen. Dreimal in der Woche gab es Fleisch, dreimal Mehlspeise. Drei Pfund Suppenfleisch oder Braten wurde gebraucht. Sonntags abends gab es den Rest vom Mittagessen. Wochentags um fünf Uhr war Brotzeit: Wurst, Geräuchertes oder Käse und Butter. Im Sommer dazu ein Teller Rettich und Gurken, gemischt in Essig und Öl. Das aß ich leidenschaftlich gern. Am Abend gab es entweder Brotsuppe, Brenn- oder Riebelesuppe. Zu Mittag und am Abend wurde das Tischgebet gesprochen.

Das Brot wurde von Tante Walli gebacken. Zwölf Leibe! Wenn es alle war, wurde neues gebacken. Semmeln gab es nur, wenn die Näherin auf der Stöhr war. Da konnte man mal einen [Semmel] abstauben. Schokolade gab es nur in Rippchen, wenn wir zuvor einen Löffel Lebertran geschluckt haben, der damals noch scheußlich schmeckte. Jeden Samstag gab es eine Breze, weil man für die Lohntüten der Zimmerleute Kleingeld brauchte, das man beim [bei der Bäckerei] Lupp eingetauscht hatte. Wie haben wir uns auf die einzige Breze gefreut! Für fünf Pfennig bekam man damals zwei Stück.

Wenn Vater mal in der Stadt zu tun hatte, brachte er immer eine Kleinigkeit mit. Er war uns immer ein Vorbild in jeder Beziehung. Loni und ich haben seine handwerkliche Begabung, seinen Schönheitssinn und das große Talent zum Zeichnen und Malen von ihm vererbt bekommen. Ich hätte lieber Bub sein wollen. Das Zeug dazu hatte ich. Meine handwerkliche Begabung konnte ich bis ins hohe Alter gut brauchen. Gott gab mir zwei geschickte Hände, einen hellwachen Geist und ein Gedächtnis, das seinesgleichen sucht.

Die Einwohnerschaft von Türkheim vor der großen Zuwanderung [1945/46], kannte ich alle. Jedes Haus und seine Bewohner kannte ich beim Namen, deren Kinder und wo sie geblieben sind. Alle Handwerker, Alt und Jung und alle besonderen Ereignisse, die sich im Laufe meines Lebens ereignet haben, sind in meinem Gedächtnis gespeichert. Über 50 Gedichte! Die meisten kann ich noch und viele Lieder.

Mein Erinnerungsvermögen reicht bis zu meinem fünften Lebensjahr zurück. Mit fünfeinhalb Jahren bin ich zu Ostern eingeschult worden und mit diesem Lebensabschnitt begann das kirchliche Leben. Getauft wurde ich auf den Namen Paula. Zweite Tochter des Zimmermeisters Georg Sauter und seiner Frau Anna, geb. Schwelle aus Schwabmühlhausen. Mutter nahm uns Kinder auch schon vor dem Schulalter mit in die Kirche, wo wir uns mucksmäuschenstill verhalten musste. Aber mit dem Schuleintritt war der Besuch der Sonntagsmesse ein Gebot, das auch strikt befolgt wurde.

Wir Mädchen gingen in die Mädchenschule bei den Dominikanerinnen[77] und auch täglich in die Schulmesse bei den Kapuzinern, anschließend in die Schule. Dort hatte wir den Pater Prediger als Religionslehrer[78] und in der

---

[77] In Türkheim gab es ein Dominikanerinnenklsoter, Filialkloster von Wörishofen. Vgl. Alois Epple: Türkheim in unserem Jahrhundert, Türkheim 1990, S. 116

[78] Ein Kapuziner aus dem Kapuzinerkloster in Türkheim war zugleich Kaplan des Türkheimer Pfarrers und wurde früher von der Pfarrkirchenstiftung besoldet. Er war verpflichtet, wöchentlich in der Pfarrkirche eine bestimmte Anzahl von hl. Messen zu lesen, Beichte zu

Oberklassen den Pfarrer Westner [1917 – 1934]. Er war uns ein gütiger, väterlicher Freund. Die Schwestern [Dominikanerinnen] lehrten uns biblische Geschichte, angefangen von der Erschaffung der Welt, das Alte Testament und Neue Testament. An den Sonntagen war die Schülermesse, die sogenannte Schnappmesse[79] bei den Kapuzinern. Im mittleren Gang wurden zusätzlich die Bänke von der Loretokapelle aufgestellt, für die größeren Mädchen. Wir hatten ein eigenes Schulmessbüchlein. Zwei Mädchen lasen die Messgebete[80] vor. Die Schnappmesse wurde auch sehr von den Spätaufstehern besucht. Die standen auf den Gängen und die Garderoben der Damen wurden bestaunt oder kritisiert.

Den Kommunion- und Firmunterricht hatten wir Buben und Mädchen gemeinsam. Von da an wussten wir, welche Buben in unserem Alter waren. Am Donnerstag war gemeinsame Messe für Buben und Mädchen: auf der rechten Seite die Buben, auf der linken Seite die Mädchen. Das Speisgitter [Kommunionbank] war gleich vor dem Hochaltar, noch vor dem Chorgestühl. Rechts und links, wo die Ministranten knieten, standen zwei große, bronzene Kandelaber. Die kleinsten der Kinder hatten ihre Bänke bei den Chorstühlen. Vor der großen Neugestaltung der Kirche war die Sakristei auf der Nordseite.[81] Durch diese gelangte man auch auf das Chörle[82], dessen Plätze verkauft wurden. Für die größeren

---

hören und am Sonntag zu predigen. Deshalb wurde dieser Kapuziner auch „Prediger" genannt.

[79] Eine „Schnappmesse" ist eine sehr kurze hl. Messe, die weniger als eine halbe Stunde dauert. Der Priester liest seine Gebete sehr schnell (damals auf Latein).

[80] Hier sind die Lesung und das Evangelium gemeint.

[81] Die Neubarockisierung der Pfarrkirche fand von ca. 1936 bis 1947 statt. Die „alte Sakristei" war hingegen bis zum Bau der „neue Sakristei" in Betrieb. Diese wurde 1960 gebaut.

[82] Das „Chörle" befindet sich über der alten Sakristei. Zu ihm führt eine steile Treppe, welche man durch die alte Sakristei erreichen kann.

Kinder waren die Bänke bis zu den Seitenaltären. Bei der Türe zum Glockenhaus[83] knieten die Läuterbuben, von den Siebklässlern gestellt. Wir Mädchen durften unter der strengen Aufsicht einer Klosterfrau keinen Blick riskieren hinüber zu den Buben. Das war schon beinahe eine Sünde und wurde verboten. Das Schwätzen wurde mit ein paar Tatzen bestraft. Zu Anfang des fünften Schuljahrs kam meine Schwester Resi und ich zur ersten heiligen Kommunion. Wir mussten die Gebete auswendig lernen. Ich kann sie heute noch, nach 73 Jahren, teilweise. „Wir dürfen ja heute zum ersten Mal Jesus im hl. Sakrament empfangen", oder „Mutter Maria schmück du mich aus heut kommt der lieber Gast ins Haus". Damals hatte man kurze, weiße Kleider aus schönem Wollstoff mit Spitzenkragen. Im gleichen Jahre wurden wir vom [Augsburger] Bischof Maximilian Lingg (ein kleines dickes Männle) [1902 – 1930] gefirmt. Wir waren an diesem Tag fünf Firmlinge und Paten [von unserer Familie]. Bei uns zuhause wurde gegessen. Tante Walli bekochte die ganze Gesellschaft. Die machte damals die ersten Torten, nach dem eben herausgekommenen Oetker-Kochbuch[84]: Nougat- und Haselnusstorte. Die Puddings dieser Firma wurden damals in den Lebensmittelgeschäften zum Probieren angeboten.

Die Fastenzeit prägten die Ölbergandachten und die Kreuzwege. Alle mussten zur Osterbeichte gehen. Am Palmsonntag wurde in der Kirche der Palmbuschen geweiht. Wer zuletzt in die Kirche kam, war der Palmesel und wurde ausgelacht. Daheim verteilte man den geweihten

---

Ursprünglich das das „Chörle" für das Herzogspaar reserviert. Auf dem Chörle hatten ca. sechs Leute Platz. Diese Plätze wurden jährlich verkauft. Der Vorteil eines Platzes auf dem Chörle war, dass niemand sah, wann man kam und wann man ging.

[83] Der Glockenhaus erreichte man durch die Südtüre in der Chorvierung, dort wo heute der Volksaltar steht.

[84] Erstmals erschienen 1911, hier gemeint die Ausgabe von 1927

Palm auf die Kreuze im Herrgottswinkel und in den Schlafräumen. Den Rest brachte man in die Ställe und Werkstätten. Karfreitags[85] verstummten die Glocken. Im Volksmund hieß es, sie fliegen nach Rom. In der Kirche waren die Fenster mit schwarzen Tüchern verhängt. Vor dem Hochaltar war das hl. Grab aufgebaut, eine Felsenattrappe, oben drauf ein kleines Tempelchen für die Monstranz, die an diesem Tage mit einem Spitzenschleier umhüllt war. Oben schwebte das leere Kreuz mit dem Linnen. Später wurde es mit roten Glühbirnen elektrifiziert. Am Grab waren bunte, mit Wasser gefüllte Kugeln angebracht, hinter denen ein Licht stand. Stille Betstunden waren tagsüber. Da war eine Geiselsäule und auf einem Sockel liegend das Kreuz. Man musste niederknien und die Wundmale küssen.

(lose Manuskriptblätter: Vor dem Hochaltar war ein wunderschönes Felsengrab aufgebaut, mit vielen bunten, beleuchteten Glaskugeln. Oben ein kleiner Pavilion für die Monstranz, die an diesen Tagen einen weißen Spitzenvorhang hatte. Oben an der Decke schwebte ein großes Kreuz mit dem weißen Tuch. Bei den Kinderstühlen war ein liegendes Kreuz an einem schwarzen Socken.)

Um 7 Uhr [19 Uhr] war Grabmusik des Kirchenchores.[86] Fünf Buben und Mädchen durften einmal eine Passage singen. Wir waren damals mächtig stolz, einmal da oben gewesen zu sein. Mein Vater sagte daheim zu mir: „Was ihr gesungen habt, hat man wenigstens verstanden."

---

[85] In einem anderen Manuskript heißt es „Gründonnerstags". Die Glocken verstummen nach dem „Gloria" bei der hl. Messe am Gründonnerstag. Sie beginnen wieder zu läuten zum „Gloria" im Auferstehungsamt. Das war früher am Abend des Karsamstags.

[86] Alois Epple: Türkheim in unserem Jahrhundert, Türkheim 1990, S. 197

Karsamstag Früh[87] wurde das Feuer geweiht. Ausgerüstet mit einem Holzblock an einer langen Kette zogen wir Kinder in den Kirchhof, wo ein Stapel mit den mitgebrachten Hölzern aufgerichtet und angezündet wurde. Das Feuer wurde geweiht. Dann zogen die Kinder das brennende Scheit zum Bächle und löschten es dort. Das geweihte Scheit wurde zu Hause auf dem Dachboden gebracht, zum Schutz gegen Feuer und Blitzschlag. 5 Uhr abends wurde Auferstehung gefeiert. Am Grab ging der Vorhang herunter und oben erschien der Auferstandene. Der ganze Altarraum war plötzlich in rotes und dann grünes Licht getaucht. Es wurde hinter dem Hochaltar ein bengalisches Feuer abgebrannt, das anschließend ganz fürchterlich gestunken hat- ich glaube nach Schwefel.

Am Ostersonntag in der Früh um 5 läuteten alle Glocken Ostern ein. Das levitierte Hochamt mit den Edelknaben, noch ein Relikt aus der Herzogzeit[88] standen stocksteif um den Altar. Die Kapuziner fungierten als Leviten. Die Gewänder derselben haben mich immer sehr beeindruckt. Drei riesige Goldquasten baumelten am Rücken. Der Kirchenchor gab sein Bestes an solchen Tagen: „Mirabilis deus in sanktis tuis" [Psalm 67, 36], „Haec dies quam fecit dominus" [Psalm 117, 24]. Die Texte konnte ich alle auswendig. Wenn man sie ein Leben lang hört! Zum Schluss wurden die Speisen geweiht. Brot, Salz, Schinken, Osterfladen, das obligatorische Lämmle und die Ostereier waren Inhalt eines Osterkorbes. Ostermontag spazierte die Familie nach Emmaus[89], meistens in den Kronenkeller. Da gab es dann ein Paar Schüblinge [Würste] und einen

---

[87] Auch im „Schott" steht, dass die Feuerweihe am „Karsamstag morgen" stattfindet.

[88] Alois Epple: Die Pfarrkirche Mariä Himmelfahrt in Türkheim – Edelknaben, Türkheim 2013

[89] Die Bezeichnung „Emmausgang am Ostermontag" bezieht sich auf Lk 24, 13 – 35.

Chabeso [Limonade], rot oder grün. Das war damals was Besonderes für uns Kinder. Das Eierbegla war was für Kinder und Erwachsenen: Auf zwei schräg gestellten Latten ließ man die Eier hinunter rollen. Wessen Ei es unten gepickt hat, war verloren.

Sonntags darauf war Weißer Sonntag, den ich schon beschrieben habe.

Dann kamen die drei Bittgänge nach Amberg, Irsingen und Ettringen. Um 5 Uhr früh zogen wir betend und singend durch die Fluren. Der „narrede Geiger" (Maler) hatte die Aufsicht bei uns Kindern.

Irsingen, um 1950, rechts unten das „Lädele der Mössmer Babette"

In Irsingen angekommen, während der Messe, las der Geiger die Allerheiligenlitanei, die ich im Laufe der Jahre, vom immer wieder Hören, auswendig konnte. Doch das Schlussgebet derselben – ich kann es noch heut – machte mir als Kind einiges Kopfzerbrechen. Da hieß es: „Stärke mit dem Feuer des hl. Geistes unsere Herzen und Nieren, damit wir durch ein reines Herz dir gefallen." Das mit dem Herz das ließ ich ja gelten, aber das mit den Nieren, das wollte mir nie in den Kopf. Neben der Kirche in Irsingen hatte die Mössmer Babette ein Lädele. Da durften wir etwas zum Schlecken kaufen.

Der Fußmarsch nach Ettringen war ganz schön anstrengend. Die bunten Kirchenfenster der Kirche[90] dort haben mich immer schon beeindruckt.

Christi Himmelfahrt folgte darauf [am nächsten Tag]. Am Nachmittag war Flurumgang zu den vier Kreuzen mit dem Wettersegen.

Pfingsten wurde wie Ostern gefeiert.

Der Fronleichnamstag wurde besonders festlich gefeiert. Die Prozession durch den Ort mit allen Fahnenabordnungen der Vereine, zwei große Fahnen, eine rote und eine blaue mit je drei Fahnenstangen und Trägern wurden mitgetragen[91], ebenfalls das Gewerbefähnchen von Schneider Happ getragen, die Muttergottes im Rosenkranz, die schwarze Loretomadonna; die Maienkönigin und das Jesuskindlein, von den Schulmädchen, getragen war am schwersten. Die Prozessionsaufstellung habe ich in dem Gedicht „Wie's früher war" genau beschrieben. Den Sonntag darauf wiederholte sich das kirchliche Schauspiel in der Hauptstrasse. Vier wunderschöne Altäre wurden beim Bader [Maximilian-Philipp-Str. 1], beim Zahler [Maximilian-Philipp-Str. 18] und beim Rogg [Maximilian-Philipp-Str. 17] aufgestellt.

Maria Himmelfahrt [15. August] war das Patroziniumsfest unserer Pfarrkirche. Der Kräuterbuschen wurde zum Weihen getragen.

---

[90] Sie wurden wohl 1936 entfernt!

[91] Eine Abbildung davon findet sich in den Türkheimer Heimatblättern Nr. 86, S. 8.

Der Herbst brachte Allerheiligen und Allerseelen, den Volkstrauertag und schon war es wieder Advent. Die Krippen in den beiden Kirchen [Pfarrkirche und Kapuzinerkirche] wurden aufgestellt und das Weihnachtsfest mit der Christmette war immer wunderschön.[92]

„Drei König" war der Abschluss der kirchlichen Weihnachtszeit. Die Darstellung der Hl.-Drei-Könige in der Pfarrkirche war das Schönste für mich. Die prachtvollen Könige mit ihrem Gefolge, Rossen, Elefant, mit einer Sänfte darauf, Kamele u.s.w. waren sehr schön.[93]

[92] Alois Epple: Krippen in Türkheim, Türkheim 2007

[93] Eine Abbildung dieser Krippenaufstellung findet sich in: Alois Epple: Der Krippenbauer Alois Epple sen. Türkheimer Krippenheft Nr. 6, Türkheim 2014

Die Kirchen und das kirchliche Leben

Mein Erinnerungsvermögen reicht bis zu meinem fünften Lebensjahr zurück. Mit fünfeinhalb Jahren bin ich zu Ostern eingeschult worden und mit diesem Lebensabschnitt begann für mich das kirchliche Leben.

Getauft wurde ich in der Pfarrkirche auf den Namen Paula. Ich war die zweite Tochter des Zimmermeisters Georg Sauter und seiner Frau Anna, geb. Schwelle aus Schwabmühlhausen. Mutter nahm uns schon vor dem Schuleintritt manchmal mit in die Kirche. Aber mit dem Schulanfang war der Besuch der Sonntagsmesse ein Gebot, das auch strikt befolgt wurde.

Wir Mädchen gingen bei den Dominikanerinnen zur Schule[94] und auch täglich in die Schulmesse bei den Kapuzinern und anschließend in die Schule. Dort hatten wir vom Pater Prediger[95] Religionsunterricht und bei den Schwestern „biblische Geschichte", angefangen von der Erschaffung der Welt.

An den Sonntagen war der Schülergottesdienst, von den Erwachsenen „Schulmesse" genannt, bei den Kapuzinern. Im mittleren Gang wurden zusätzlich die Bänke der Loretokapelle aufgestellt für die größeren Mädchen. Wir hatten eigene Schulmessbüchlein, die von zwei Mädchen vorgelesen wurden. Die Buben rechts, die Mädchen links. Diese „Schnappmesse" wurde auch sehr von den Spätaufstehern besucht. Da stand man hinten auf den Gängen und die Garderoben der Damen wurden bestaunt oder kritisiert.

---

[94] Alois Epple: Türkheim in diesem Jahrhundert, Türkheim 1990, S. 116
[95] Ein Türkheimer Kapuzinerpater war zugleich Kaplan an der Pfarrkirche. Er musste die Sonntagspredigt in der Pfarrkirche halten und wurde deshalb auch „Prediger" genannt.

Den Kommunion- und Firmungsunterricht hatten wir mit den Buben gemeinsam. Von da an wussten wir, welche Buben in unserem Alter waren. Das Speisegitter (Kommunionbank) war gleich hinter dem Hochaltar, vor dem Chorgestühl. Rechts und links, wo die Ministranten knieten, standen damals zwei große dreiflammige Bronzeleuchter[96]. Die stehen jetzt auf dem Speicher. Vor der großen Neugestaltung der Kirche [um 1935 – 1946] war die Sakristei auf der Nordseite. Durch diese gelangte man auf das Chörle, dessen Plätze vermietet wurden. Die Kirchenstühle reichten von der Kommunionbank bis zu den Seitenaltären. Bei der Tür zum Glockenhaus knieten die Läutebuben[97] von der siebten Klasse. Wir Mädchen durften unter der strengen Aufsicht einer Klosterfrau keinen Blick riskieren hinüber zu den Buben, das war schon beinahe eine Sünde. Das Schwätzen wurde mit ein paar Tatzen bestraft.

Zu Anfang des 5. Schuljahrs kam meine Schwester Resi und ich zur ersten heiligen Kommunion. Wir mussten die Gebete auswendig lernen. Ich kann heute noch Bruchstücke davon: „Mutter Maria schmück du mich aus, heut kommt der liebe Gast ins Haus", „Heute zum erstenmal Jesus im hl. Sakrament empfangen". Wir hatten damals kurze, weiße Kleider aus schönem Wollstoff mit Spitzenkragen, kurz nach der Firmung gefärbt blau und grün. Wir trugen sie noch viele Jahre. Von der ganzen Gemeinde mitgefeiert, nicht so pompös wie heute. Meine Schwester Resi und ich kamen zusammen zur Kommunion. Man ging nicht in einen Gasthof zum Essen.

Tante Walli backte damals die ersten Torten. Nach seinen Oekerbackrezept die damals gerade gegründet wurde. Der Pudding in allen Variationen wurde angepriesen und in den einschlägigen Geschäften Kostproben abgegeben. Da ist mir

---

[96] Abgebildet im Türkheimer Heimatblatt, Nr. 80, s. 15
[97] Sie läuteten die Glocken, z.B. bei der Wandlung.

noch der Nigrinkamienkehrer in Erinnerung. Ein Werbegage der Niegrinschuhcreme.[98] Er lief auf ganz langen Stelzen durch den Markt von Geschäft zu Geschäft, die ganzen Kinder hinterher. Wir bekamen kleine Döschen Schuhkreme für unsere Kauflädchen.

(auf einem Zettel: Von unserem Pfarrer Westner bekamen wir [zur Erstkommunion] eine Tafel mit Datum und Widmung, die ich heute noch habe. Daheim wurde gut gekocht mit den Eltern und Geschwistern. Ganz ohne Verwandtschaftsrummel.)

Im gleichen Jahre wurden wir gefirmt vom Bischof Maximilian Lingg [1902 – 1930]. Meine Patin war Tante Maria aus Greifenberg. Wir waren an diesem Tag fünf Firmlinge: Mamma hatte die Kraus Hedwig, Pappa die Seber Buben Georg und Hans und wir zwei mit unseren Patinnen. Bei uns zu Hause wurde von der Tante Walli das Festessen bereitet. Da ging man in keine Wirtschaft wie heute.

Mit 12 ½ Jahren kam ich aus der Volksschule. Von da an mussten wir zuhause mitarbeiten wie die Erwachsenen. Drei Jahre gingen wir dann noch zur Sonntagsschule. Nach dem Pfarrgottesdienst [am Sonntag] in der Pfarrkirche von 10 bis 12 Uhr; bei den Klosterfrauen im Winter noch am Donnerstagnachmittag und am Sonntagsnachmittags vor der Andacht mussten wir ebenfalls drei Jahre in die Christenlehre gehen, die der Pfarrer Westner [1917 – 1934] hielt. Einmal erwischte er mich beim Schwätzen. Ich musste hinaus [aus der Kirchenbank und] aufs Pflaster knien. Meine

---

[98] **Nigrin**, 1884 von C. F. Gentner in Göppingen gegründet. 1896 wird der Schornsteinfeger zum Markenzeichen und der Markenname Nigrin erstmals verwendet. 1901 wird der Markenname Nigrin für Lederpflegemittel beim deutschen Patent- und Markenamt eingetragen. Drei Jahre später, im Jahr 1904 folgt die Eintragung des Schornsteinfegers als Markenzeichen.

Angst war groß, dass mich Mutter sieht, wenn sie in die [anschließende] Andacht kommt. So rückte ich immer weiter in den Stuhl zurück.

(*auf einem losen Blatt*: Es war aber auch immer eine der Klostermägde anwesend, wenn in der Pfarrkirche was war. Da wurde alles von denen berichtet und wehe, wenn sie dich beim Schwätzen gesehen haben, dann gab es sechs Tatzen von den Klosterfrauen.)

Wenn man die darauf folgende Andacht schwänzen wollte und hinaus schlich nach der Christenlehre, fingen die Buben immer laut zu zischen an, dass der Pfarrer nachschaute, was da los ist.

(*auf einem losen Blatt*: Zu Westners Zeit war einmal Mission [1922], wurde das Kriegerdenkmal gebaut. Man hat es abgebrochen. Ich weiß nicht warum! Ich fand es schön.[99] Die Tafeln mit den Namen der Gefallenen auf der einen Seite, die Steinfiguren vom H. Georg und der hl. Barbara. An der Nordseite der Kirche war das Denkmal vom 70er Krieg, eine abgebrochene Säule. Sie ist auch verschwunden.[100])

Auch die Wallfahrt zur Loretokapelle im Herbst wurde groß gefeiert. Viele Pilger kamen mit der Bahn. Dort wurden sie abgeholt mit Kreuz und Fahnen. Dann wurden sie den Bürgerhäusern zur Übernahme zugeteilt. Am nächsten Tage war ein großes Programm bei den Kapuzinern. Auch ein religiöses Theaterstück. An zwei Tagen war Lichterprozession.

An den Hochfesten war nachmittags eine gesungene Vesper, die ich immer sehr langweilig fand und froh war, wenn der Chor endlich das Magnifikat sang, dann nahte das Ende.

---

[99] Eine Abbildung findet sich in Alois Epple Türkheim in unserem Jahrhundert, Türkheim 1990, S. 20 und Türkheimer Heimatblatt, Nr. 80, S. 2
[100] Abbildungen finden sich im Türkheimer Heimatblatt Nr. 84, S. 7, 8

Am alten Hochaltar, da schwebte die Monstranz auf einem Schwenkarm lautlos auf den Altar. Der Mesner verschwand vorher hinter dem Altar und setzte den Mechanismus in Gang. Dem alten Benefiziat ist sie einmal herunter gefallen. Auch die Messbücher hatten manchmal das gleiche Schicksal. Sie mussten während der Messe ein paarmal von der Epistelseite auf die andere [Evangelienseite] geschleppt werden. Sonst waren am Sonntagnachmittag eine Andacht und vorher die Christenlehre. Nach dem Amt mussten wir drei Jahre lang zwei Stunden in die Sonntagschule gehen. Im Winter noch am Donnerstag-nachmittag.

[Das Kirchenjahr]

[Advent]

Das Kirchenjahr beginnt mit dem Advent. Da waren am Sonntag früh um sieben Uhr statt der Frühmesse die Rorate oder auch Engelamt genannt. Ich ging gerne mit meinem Vater mit in die Männerstühle und ich war glücklich wie nur Kinder sind, wenn Vater aus voller Kehle „Tauet Himmel den Gerechten!" sang. Bei den Kapuzinern war einmal in der Woche das „Sternkrönle", eine Adventandacht.

[Weihnachten]

So kam Weihnachten heran. Der hl. Abend wurde damls nicht so pompös wie heute begangen. Die Familie mit dem Gesinde war um den Christbaum versammelt. Man sang die Weihnachtslieder. Jedes bekam ein bescheidenes Geschenk. Die Kinder bekamen was zum Spielen, die Töchter was zur Aussteuer, die Dienstboten Hemden, Socken und Gebrauchswäsche, einen Birnenwecken und einen Teller Gebäck. Um ½ 12 Uhr [23,30 Uhr] gingen wir zur Christmette mit unseren Eltern. An eine Weihnachtspredigt am Weihnachtstag von Pfarrer Läuterer kann ich mich noch erinnern. Er wollte sagen, dass Jesus in einem Stalle geboren wurde. Der Wortlaut von ihm: „Meine Lieben, in einem Stalle da stinkt es, das ist kein Zuckerbäckerhaus." Ich habe diesen Satz nie mehr vergessen.

[Johannis]

Zu St. Johannes gab es den Johanniswein in der Kirche.

[Hl-Drei-König]

Heilig-Drei-König war das Bruderschaftsfest der Corpus Christi Bruderschaft[101]. Da musste man zum Beichten gehen. In der Kapuzinerkirrche war der Andrang groß. Vier Patres saßen in den Beichtstühlen. Da hab ich an einem solchen Massenbeichttag folgendes erlebt: An jedem Beichtstuhl standen die Leute zu beiden Seiten an. Ein Mann kam aus dem Beichtstuhl heraus und ein anderer wollte von der anderen Seite hinein. Da schlüpfte vor ihm schnell eine Frau hinein. Der verdutzte Mann murmelte so halb laut „Des Saumensch" vor sich hin. Der Pater Kasimir im Beichtstuhl hörte es, riss die beiden Fenstertüren des Beichtstuhls auf und rief in die Kirche hinein. „Man geht nicht zum Beichten wenn's der Brauch ist, sondern wenn man's braucht", schloss die Fenster wieder und machte weiter.

(*loses Manuskriptblatt*: In der Woche nach Hl.-Drei-König kamen die Kapuziner in die Häuser und schrieben die Türen an: K.M.B.[102] Dafür bekamen sie ein gebührendes Geldopfer. Die Darstellung der Hl. Drei Könige in der Krippe der Pfarrkirche war das Schönste. Die Rösser, Kamele, Elefanten mit Sänften, die Könige, das ganze Drum und Dran, war für

---

[101] Alois Epple: Bruderschaften in Türkheim, Türkheim 2002
[102] Das Volk meinte, dass dies eine Abkürzung für Kaspar, Melchior, Balthasar ist. Es soll jedoch für „Kyrios mansionem benedicat" stehen.

uns Kinder das höchste.[103] In der Klosterkirche war auch eine sehr große Krippe. Da gab's eine Kapelle, wenn man 10 Pfennig in den Schlitz steckte, kam das Christkindel mit einer Kutsche herausgefahren. Wenn wir von der Schule kamen, am Mittag, gingen wir hinein [in die Kapuzinerkirche]. Da baute der Bruder Kaspar meistens um. Er mochte die Kinder sehr gern.[104] Auch gingen wir täglich an die Klosterpforte zum Brotbetteln. Reich und Arm ging da hin. Sie [die Kapuziner] haben ja im Herbst fuhrenweise Getreide, Kartoffel, Eier, Milch usw. [von den Bauern] bekommen. Auch das Bier vom Fendt [Rosenbräu] und Waren in den Geschäften bekamen sie geschenkt. Auch bei meinem Vater brauchten sie keine Bretter und dergleichen bezahlen. Drum konnten wir getroste zum Brotbetteln gehen.

[Betstunden an den Tagen vor Aschenmittwoch]

In den letzten drei Tagen im Fasching waren bei uns [in Türkheim] den ganzen Tag Betstunden. Um 3 [15] Uhr Predigt und gesungene Litanei vom Kirchenchor. Die Betstunden waren auf die Hausnummern verteilt, so dass immer jemand in der Kirche war.

(loses Manuskriptblatt: Dann kam der Fasching. Da war für uns Kinder in Türkheim gar nichts los. Am Faschingssonntag, -montag und –dienstag waren den ganzen Tag Betstunden. Um drei Uhr Predigt mit gesungener Litanei. Das hat uns junge Leute ganz schön genervt. In Mindelheim war Faschingsumzug, aber bei uns musste man drei Tage in die Betstunden laufen. Sie waren auf die Hausnummern verteilt, wie die Kirchenstühle

---

[103] Eine Abbildung der hier gemeinten Krippe findet sich z.B. im Türkheimer Krippenheft Nr. 6, S. 28.
[104] Alois Epple: Krippen in Türkheim, Türkheim 2007

auch[105]. An den Kirchenstühlen waren Tafelnmit den Hausnummern. Unsere Betstunde war von 11 bis 12 Uhr und unsere Bank die vorletzte auf der unteren [nördlichen] Seite.)

[Fastenzeit]

Die Fastenzeit prägten die Ölbergandachten bei den Kapuzinern mit Predigten am Donnerstag und Kreuzwegandachten bis zur Karwoche. Alle mussten zur Osterbeichte gehen.

(*loses Manuskriptblatt*: Dann war es Fastenzeit. Jeden Donnerstag war bei den Kapuzinern Ölbergandacht mit Fastenpredigt. Der alte Pater Maurus sagte immer „Vielgeliebte" zu seinen Predigthörern und wir Kinder vorn beim Speisgitter [Kommunionbank] - rechts die Buben, links die Mädchen - konnten bei der Predigt nur auf der Kommunionbank sitzen.)

[Palmsonntag]

Palmsonntag: Derjenige, der im Haus zuletzt aufstand war der Palmesel. Wer zuletzt in die Kirche kam, war auch der Palmesel und wurde ausgelacht. Mit den Palmbuschen zogen die Kinder zur Kirche, wo sie geweiht wurden. Zuhause ging es diese Tage an den Osterputz. Das ganze Haus auf den Kopf gestellt!

(*auf einem anderen Blatt*: Daheim verteilte man den geweihten Palm auf die Kreuze im Herrgottswinkel und den Schlafräumen. Den Rest brachte man in die Ställe und Werkstätten.)

---

[105] Die Plätze in den Kirchenstühlen waren für bestimmte Türkheimer reserviert. Jeder Türkheimer hatte einen besonderen Platz in einer bestimmten Kirchenbank. Dies war durch ein Täfelchen am Platz gekennzeichnet.

[Gründonnerstag]

Am Gründonnerstag begannen die Kartage. Die Eier der Hühner extra gefärbt für den Osterkorb.

[Karfreitag]

Am Karfreitag wurden die Fenster der Kirche mit schwarzen Rollos verhängt. Die Glocken verstummten, nur die Ratschen waren stattdessen zu hören. Betstunden den ganzen Tag.

Hl. Grab in der Pfarrkirche, um 1930

Das hl. Grab wurde aufgestellt, mit vielen bunten Glaskugeln. Oben drauf ein kleines Tempelchen für die Monstranz, die an diesem tag mit einer feinen Tüllspitze verschleiert war. Oben im Chor schwebte das Kreuz mit dem Leintuch, mit roten Birnen beleuchtet. Vor dem Speisegitter lag ein Kreuz auf einem Sockel mit der Geiselsäule. Jeder Kirchenbesucher musste die Wundmale küssen. Abens um sieben Uhr war Grabmusik: ein Singkonzert um die Leidensgeschichte des Herrn. Als Schulkkind durfte ich einmal mitsingen, mit zehn Mädchen und Buben. Wir waren sehr stolz. Mein Vater sagte: Ihr habt am schönsten gesungen, das hat man wenigstens verstanden.

(*auf losem Blatt*: Karfreitags verstummten die Glocken, im Volksmund hieß es, sie fliegen nach Rom. In der Kirche waren die Fenster mit schwarzen Tüchern verhängt. Vor dem Hochaltar war das hl. Grab aufgebaut, eine Felsenattrappe, oben drauf ein kleines Tempelchen für die Monstranz, die an diesem Tage mit einem Spitzenschleier umhüllt war. Oben schwebte das leere Kreuz mit dem Linnen; später wurde es mit roten Glühbirnen elektrifiziert. Am Grab waren bunte, mit Wasser gefüllte Kugeln angebracht, hinter denen ein Licht stand. Stille Betstunden waren tagsüber. Vor der Geiselsäule und dem Kreuz auf einem Sockel liegend musste man niederknien und die Wundmale küssen. Um 7 Uhr war Grabmusik des Kirchenchores. Fünf Buben und Mädchen durften einmal eine Passage singen. Wir waren damals mächtig stolz einmal da oben gewesen zu sein. Mein Vater sagte daheim zu mir: „Was ihr gesungen habt, hat man wenigstens verstanden."

[Karsamstag]

Karsamstag früh wurde das Feuer geweiht. Ausgerüstet mit einem Holzblock an einer langen Kette zogen wir Kinder in den Kirchhof, wo ein Stapel mit den mitgebrachten Hölzern aufgerichtet und angezündet wurde. Das Feuer wurde geweiht. Dann zogen die Kinder den brennenden Scheit zum Bächle und löschten ihn dort. Das geweihte Scheit wurde zu Hause auf dem Dachboden gebracht, zum Schutz gegen Feuer und Blitzschlag. 5 Uhr abens [17 Uhr] wurde Auferstehung gefeiert. Am Grab ging der Vorhang herunter und oben erschien der Auferstandene. Der ganze Altarraum war plötzlich in rotes und dann grünes Licht getaucht. Es wurde hinter dem Hochaltar ein bengalisches Feuer abgebrannt, das anschließend ganz fürchterlich gestunken hat- ich glaube nach Schwefel.

(*auf einem Zettel*: Karsamstags waren wieder stille Betstunden und um 5 Uhr [17 Uhr] war Auferstehung. Das Feuer wurde geweiht. Wir brachten da Holzscheite heim. Wie wurden auf dem Speicher aufgehängt.)

[Ostern]

Am Ostersonntag in der Früh um 5 läuteten alle Glocken Ostern ein. Das levitierte Hochamt mit den Edelknaben, noch ein Relikt aus der Herzogzeit standen stocksteif um den Altar. Die Kapuziner fungierten als Leviten. Die Gewänder derselben haben mich immer sehr beeindruckt. Drei riesige Goldquasten baumelten am Rücken. Der Kirchenchor gab sein Bestes an solchen Tagen. „Mirabilis Deus in Sanctis suis", „Haec dies quam fecit dominus".Die Texte konnte ich alle auswendig. Wenn man sie ein Leben lang hört! Zum Schluss wurden die Speisen geweiht. Brot, Salz, Schinken, der Osterfladen und das obligatorische Lämmle und die Ostereier waren Inhalt eines Osterkorbes.

(*auf einem Zettel*: Am Ostermorgen hörte man oft die Glocken von allen Nachbargemeinden. [An] Ostern läuteten die Kirchenglocken morgens um 5 Uhr. Der Festgottesdienst, ein levitiertes Hochamt, wurde mit großer

Pracht zelebriert. Die Edelknaben[106] mussten stramm stehen während der Messe. Das Messgewand und das der Leviten war prächtig: drei große goldene Quasten zierten die noch aus der herzoglichen Zeit stammenden Levitengewänder und haben mir immer sehr gefallen. Zum Schluss war Speisenweihe. Im Korb befanden sich Eier, Brot, Salz, Speck, die Osterfladen und das Osterlamm mit Glöcklein und Fähnchen. Zuhause bekam jedes Familienmitglied von den geweihten Speisen. Nachmittags war in der Kirche die mir immer leidige Vesper. Dann vergnügten sich die Kinder mit Eierbegla.

(*auf einem Zettel*: Jeder der Hausgenossen bekam ein geweihtes Ei usw. Nachmittags nach der Vesper haben wir auf dem Viehmarkt[platz][107] Eierbeglat. Das heißt auf zwei Latten die hochgestellt auf einer Seite waren ließen wir die Eier rollen und wenn sie unten ein anderes Ei bickten [anschlugen] gehörte es ihm.)

[Ostermontag]

Am Ostermontag ging man nachmittags nach Emmaus.[108] Wir spazierten meistens zum Kronenkeller hinauf. Da gab's dann ein paar Würste, eine Flasche Schabeso[Limonade], rot oder grün. Wir Kinder waren restlos glücklich an diesem schönen Nachmittag.

(*auf einem Zettel*: … Da gab es dann ein Paar Schüblinge und einen Schhabeso, rot oder grün, das war damals was Besonderes für uns Kinder. Das Eierbegla war was für Kinder und Erwachsenen: Auf zwei schräg gestellten Latten

---

[106] Alois Epple: Die Pfarrkirche Mariä Himmelfahrt in Türkheim – Edelknaben, Türkheim 2013
[107] Dort, wo die Ramminger Straße von der Tussenhauser Straße abzweigt.
[108] Ein Spaziergang am Ostermontag heißt Emmausgang. Dies bezieht sich auf Lk 24, 13ff

ließ man die Eier hinunter rollen. Wessen Ei es unten gepickt hat, war verloren.)

(*auf einem Zettel*: Am Ostermontag machte die ganze Familie einen Ausflug. Man ging nach Emmaus, meistens in den Kronen- oder Hardtkeller.)

[Weißer Sonntag]

(siehe oben)

[Patrona Bavariae, am 14. Mai, seit 1970 am 1. Mai]

(*loses Manuskriptblatt*: Der Mai begann mit dem Fest Patrone Bavariae. Täglich war bei den Kapuzinern eine Maiandacht, die wir als Kinder täglich besuchten. Wir standen barfüßig sogar vor dem Speisgitter auf dem Pflaster. Ich hab den dröhnenden, starken Ton der Kapuziner noch in den Ohren: „Oh sei gepriesen du heilige, unbefleckte Empfängnis Maria, du Muttergottes".)

[Bittgänge]

Dem Markustagbittgang [am 25. April] folgten die Bitttage nach Amberg, Irsingen und Ettringen. Um fünf Uhr früh war Abmarsch. Mein Vater ging meistens mit. Er erledigte meistens während der hl. Messe noch Geschäftliches dort. Der Geiger (Narrede Geiger [wohnte in der Jakob-Sigle-Str. 35]) ein etwas schrulliger Mann, hatte die Betaufsicht bei den Teilnehmern. In der dortigen Kirche las er die Allerheiligenlitanei. Das anschließende Gebet machte mir als Kind sehr zu schaffen. Ich habe es nie vergessen. „O Gott von dem die hl. Begierden die rechten Entschlüsse und die guten Werke entspringen, gib deinen Dienern jenen Frieden, den die Welt nicht geben kann, damit unsere Herzen deinen Geboten ergeben, unseren Zeiten von der Furcht des Feindes befreit, durch deinen Schutz gesichert und friedsam seiest: Brenne mit dem Feuer des hl. Geistes unsere Herzen und

Nieren und durch ein reines Herz dir gefallen.".- Das mit dem Herz hab ich mir noch gefallen lassen, aber das mit den Nieren hab ich nie begriffen. Nach Ettringen war es für uns Kinder sehr weit zu laufen. Die Jungmänner die mitgingen verdrückten sich immer in die Molkerei, die damals der Zwick umtrieb und taten sich gütlich an Sahne, Milch und Butter. In Irsingen war ein kleines Lädele neben der Kirche. Hier, bei der Messmer Babett konnte man auch was zu Schlecken kaufen.

(*auf einem losen Blatt*: Um 5 Uhr früh zogen wir betend und singend durch die Fluren. Der „Narrede Geiger" (Maler) hatte die Aufsicht bei uns Kindern. In Irsingen angekommen, während der Messe, las der Geiger die Allerheiligenlitanei, die ich im Laufe der Jahre, von immer wieder hören, auswendig konnte. Doch das Schlußssebet derselben – ich kann es noch heut – machte mir als Kind einiges Kopfzerbrechen. Da hieß es: „Stärke mit dem Feuer des hl. Geistes unsere Herzen und Nieren, damit wir durch ein reines Herz dir gefallen." Das mit dem Herz das ließ ich ja gelten, aber das mit den Nieren, das wollte mir nie in den Kopf. Der Fußmarsch nach Ettringen war ganz schön anstrengend. Die bunten Kirchenfenster der Kirche dort haben mich immer schon beeindruckt.)

[Christi Himmelfahrt]

Am Donnerstag darauf war die Himmelfahrt. Da war am Nachmittag Flurumgang. Von der Kirche heraus bis zum Zahler [Maximilian-Philipp-Str. 18], die Bahnhofstrasse hinaus bis zum Guntner [Rosenstr. 9], die Rosenstrasse herunter bis zum Viehmarkt, da ist das erste Kreuz [östl. Rammingerstr. 1], der Wettersegen wurde gesungen, dann ging's betend weiter den Wolfsgraben hinunter zum zweiten Kreuz beim Stadler [Römerstr. 1], die Frühlingstrasse herauf zum Ochsenwirt hinaus bis zum dritte Kreuz beim Maler Geiger [Jakob-Sigle-Str. 35], um den Spitzgeiger [Grabenstr.

47] herum, herein bis zum Oberjäger hinauf bis zum vierten Kreuz beim Hegler [Oberjägerstr. 7], das Gässele durch zum Krankenhaus [heute St. Martin-Altenheim] und dann den Flecken herunter zur Kirche.

[Pfingsten]

(*auf einem anderen Zettel*: Dann kam Pfingsssten mit dem levitierten Hochamt. Die Kapuziner waren die Leviten. Ich war immer sehr fasziniert von den prächtigen Levitengewändern mit den drei großen goldenen Quasten und dem Rauchmantel und Messgewand.)

[Fronleichnam]

Die Fronleichnamsprozession hab ich im Gedicht wie folgt beschrieben:

„Fronleichnamstag war schöa id mender,
a freid für Männer, Fraun und Kender.
Dia Prozession von der Kircha raus,
geschmückt war dau a jedes Haus
Girlanda, Kränz, weiroada Fahna,
a Grasteppich mit granda Bahna.
Dr Pfarr mit m Allerheiligsta ist underm Himml gschridda,
midm goldna Rauchmantl ond hean und dean d'Levida.
Die ganza Kender vorna ded,
hand Kränzla ond weisa Kleidla ghet
ond Buaba in da blaua Hosa
hand grad ausgluaged wia Matrosa."

Der Wachtmeister Martin trug seine Paradeuniform: blau mit goldenen Tressen, Pickelhaube und Säbel. Die Prozession war wohl geordnet in der althergebrachten Reihenfolge.

Bei der Mariensäule war ein Steinpodest, von da aus der Martin Wachtmeister die durch eine Glocke in der Kirche

angekündigten   Bekanntmachungen   verlautete.
Frondienstleisteungen, Gmeindesteuern.

Der Fronleichnamstag wurde besonders festlich gefeiert. Die
Prozession durch den Ort mit allen Fahnenabordnungen der
Vereine, zwei große Fahnen, eine rote und eine blaue mit je
drei Fahnenstangen und Trägern wurden mitgetragen,
ebenfallsdas Gewerbefähnchen von Schneider Happ
getragen, die Muttergottes im Rosenkranz, die schwarze
Loretomadonna, die Maiernkönigin und das Jesuskindlein
von den Schulmädchen getragen war am schwerrsten. Vier
wunderschöne Altäre wurde beim Bader, beim Jahren und
beim Rogg aufgestllt. Die Prozessionsaufstellung habe ich in
dem Gedicht „Wie's früher war, genau beschrieben. Den
Sonntag darauf wiederholte sich das kirchliche Schauspiel in
der Hauptstrasse.

(*auf einem anderen Zettel*: Der Fronleichnamstag war für mich
der Höhepunkt vom kirchlichen Geschehen. Die Häuser
waren beflaggt mit den weiß-roten Kirchenfahnen.
Girlanden-Kränze, Kreuze, Bilder und Statuen schmückten
die Häuser. Auf den Prozessionsweg streute man Gras und
Blumen, Entlang flankierten den Weg jungen Maien
[Haselnussstauden und Birken] aus den Wertachauen. Die
Kinder vorn, die Fahnenabordnungen der Vereine, zwei
große Fahnen, eine blau und eine weinrote mit je drei
Fahnenstangen wurden von drei kräftigen Burschen
mitgetragen. Der Schneider Happ trug das Gewerbefähnlein
mit, die Muttergottes im Rosenkranz trug man auch mit. Die
Mädchen der siebten Klasse trugen das Jesuskind mit. Es
war die schwerste Statue überhaupt. Wir vier Mädchen
legten immer ein kleines Polster unter die Kleider auf die
Schulter, vier andere hatte die Stützen zu tragen die, wenn
der Zug bei den Kreuzen stand, untergestellt wurden. Die
Jungfrauen trugen die Muttergottes mit, der Dritte Orden
die Loreto-Muttergottes. Die Zugordnung: Erst die Kinder,
Kommunionkinder, der Himmel mit dem Allerheiligsten,

getragen vom Pfarrer, samt den Leviten anschließend, die Mantelherren der Bruderschaft (Corpus Christi), die Kapuziner vollzählig, ebenfalls die Klosterfrauen: Dominikanerinnen, Franziskanerinnen vom Krankenhaus und Schwestern der ambulanten Krankenpflege, dann die Jungmänner, Männer und der Bürgermeister mit Amtskette und der Gemeinderat, alle mit Frack und Zylinder, dann waren die Jungfrauen dran und dann die Frauen. Damals war es wie eine Modenschau. Man musste unbedingt neu eingekleidet und neu behütet sein. Der Prozessionsweg führte von der Kirche bis zum Zahler, die Bahnhofstrasse bis zum Guntner, die Rosenstrasse bis zum Kreuz am Viehmarkt, die Schmiedstrasse [heute Tussenhauser Str.] bis zur Kirche, dann den Flecken hinunter bis zum Kreutz Ecke Römerstrasse, dann die Frühlingstrasse bis zum Ochsenwirt, hinaus zum Kreuz beim Maler Geiger, um den Spitzgeiger herum bis herein zum Oberjäger, dort war der vierte Altar aufgebaut. Anschließend über die Grabenstrassse zur Kapuzinerkirche und den oberen Flecken zurück zur Kirche. Dort wurde dann das Te Deum gesungen.)

[Bruderschaftsfest]

Acht Tage darauf[109] am Fest der Corpus-Christi-Bruderschaft war die kleine Prozession. Beim Bader, Zahler, Rogg und der Kapuzinerkirche wurden wunderschöne Altäre aufgebaut. Alle Leute im Festtagsstaat. Es war einfach wunderschön.

(*auf einem losen Zettel*: Am Sonntag darauf war das [Bruderschafts-]Fest mit der Keinen Prozession, der erste Altar beim Kaufmann Bader [Maximilian-Philipp-Str. 1] - es waren schöne Altäre mit Altarbildern und gewundenen Säulen -, der zweite Altar beim Konditor Rogg [Maximilian-

---

[109] Dieses Fest war am Sonntag nach Fronleichnam, also drei Tage nach Fronleichnam.

Philipp-Str. 17], der dritte bei den Kapuzinern, der vierte beim Kaufhaus Zahler [Maximilian-Philipp-Str. 18].)

[Maria Himmelfahrt]

Maria Himmelfahrt war das Patroziniumsfest unserer Pfarrkirche. Der Kräuterbuschen (Weihsang) wurde zum Weihen getragen.

[Kirchweih]

(*loses Blatt:* Dann kam die Kirchweih. Auf dem Turm wehte das Kirchweihfähnle. Auch durfte man an den beiden Tagen [Kirchenweihsonntag und –montag] auf den Turm steigen. Das war schon ein Erlebnis, Türkheim von oben zu sehen. . In den Städeln der Bauernhöfe gab es auf der Tenne eine Kirchweihschaukel: aus einem Heuseil am Obertennenbalken befestigt, ein Sitzbrettl an der Seite, etwas eingeschnitten, wurde in das Seil geklemmt und die Schaukel war fertig.)

Das Erntedankfest und Allerheiligen waren die letzten Ereignisse im Kirchenjahr und schon war es wieder Advent.

Das Dritte Reich

Es begann, als Hindenburg abdankte[110] und Hitler Reichskanzler [30.11.933] wurde. Bis dahin hatte man in Türkheim von der braunen Bewegung nicht viel gemerkt. Aber dann war plötzlich alles anders.

Der alte Bürgermeister Josef Wiedemann – er war Besitzer der Kronenwirtschaft, seine Frau war eine geborene Hartung aus Berg, ihre Schwester hat den Huber von Ettringen geheiratet, seitdem heißt es in Berg: „beim Huber" [Weilerstr. 9] – übergab seinem Bruder Karl die Wirtschaft.[111] Er privatisierte in dem Haus ober [südlich] der Apotheke [Wörishofer Str. 6] und war der Bürgermeister viele Jahre [1902 – 1935]. Da starb plötzlich Hindenburg [2. August 1934].

Wir mähten an dem Tag Hafer beim [Fabrik-]Kanal. Es war ein Pachtgrundstück von der [Salamander-]Fabrik. Es war sehr heiß. Vater sprang mit samt der Kleidung in den Kanal und lies das Gewand an sich wieder trocknen. Da kam die Nachricht: Hindenburg ist tot. Mittags gab es zwei Schweigeminuten. Der Verkehr stand still. Alle Kirchen[glocken] läuteten. Und somit war die Ära Hitler eröffnet. Schlagartig wurde alles anders in Türkheim. Der ungeliebte Kronenwirt [Josef Wiedemann] wurde Bürgermeister. Es war ein echter Hitlerfanatiker und bald gab es zwei Lager in Türkheim: die einen dafür, die anderen dagegen. Aber das Regime duldete keine Gegenströmung. Es wurden neue Feste eingeführt: der 1. Mai, Tag der Arbeit, Erntedank, Festzüge, Fackelzüge, Reichsberufswettkämpfe. Die Partei [NSDAP] war der einzige Verein, den es noch gab. Und so langsam kam die Gewaltherrschaft der Nazis

---

[110] Hindenburg dankte nicht ab sondern starb, als Reichspräsident, am 2.8.1934.

[111] Türkheimer Heimatblätter Nr. 89

zum Ausbruch. Kritiken wurden nur unter vorgehaltener Hand ausgesprochen. Man hatte immer das Gefühl von jemandem denunziert zu werden.

Mein Vater disputierte einmal mit der alten Kronenwirtin über das neue Regime. Da sagte sie unter anderem: „Herr Sauter, wir bekommen jetzt goldene Zeiten!" Mein Vater antwortet: „Frau Wiedemann, das werden nicht einmal blechene Zeiten!" Frau Wiedemann antwortete: „Herr Sauter sagen's das nicht zu meinem Sohn, es könnte bös' für sie ausgehen."

Beim Kaminkehrer Vikari (Steinberger) hatte man einen Gesellen. Das war ein Spaßvogel und gab auch ab und zu einen deftigen politischen Witz zum Besten. Das hätte ihn beinahe nach Dachau gebracht. Es gab einmal, zu Hitlers Zeiten, ein kupfernes vier Pfennigstück - war aber nicht lange im Umlauf. Der Witz hieß: Was hat das 4 Pfennigstück und Hitler gemeinsam? Die Lösung lautete: Beide sind braun, beide sind Vierer und beide sind keine 5 Pfennig wert.

Wer nicht in der Partei war bekam es zu spüren, bekam keine Aufträge mehr von der öffentlichen Hand. Der Bahnbaurat Hauk von der Bahndirektion Memmingen war ein Bauschulfreund meines Vaters. Der sagte eines Tages zu Vater: „Du musst in die Partei gehen, sonst kann ich dir keine Aufträge mehr von der Bahn geben!" So ging mein Vater eben in die Partei [NSDAP]. Aber das Regime war ihm zuwider.

Wir hatten auch noch die traurige Rühmlichkeit Julius Streicher [1885 – 1946] als Ehrenbürger des Marktes[112]. Sein Vater, ein schlichter, alter Schullehrer und seine Tochter, die Sofie, lebten im Streicherhaus in der Tussenhauserstrasse

---

[112] Alois Epple, Türkheim in unserem Jahrhundert, Türkheim 1990, S. 40

[HsNr. 4], die man dann in Streicherstrasse [Julius-Streicher-Strasse] umbenannt hat. Ein Witzbold hat einmal in der Nacht „Landstreicher" auf's Straßenschild darauf gemalt. Sein Vater war ein tiefgläubiger Mann, ging täglich zur Messe und zur Kommunion. Die von Julius Streicher herausgebrachte Judenschmähzeitung ‚[Der] Stürmer', die man ins Haus brachte, stellte die Juden immer als fette, aufgedunsene Männer dar, mit Hackennase, wie die Adler. Was hat der Vater da immer geschimpft! Die Nasen der Streichersöhne [Elmar und Lothar] waren alle genau wie die der im ‚Stürmer' verspotteten Juden. Wenn er [Julius Streicher] in Türkheim war, schwang er auf dem Kronenplatz [Maximilian-Philipp-Str. 15a] von einer Tribüne herab große Reden. Als sein Vater starb, 90 Jahr alt, erschien er in brauner Uniform und einer Reitpeitsche in der Hand auf dem Friedhof.[113] Die Leute waren bestürzt über so viel Geschmacklosigkeit. Als die Amerikaner kamen hat er sich in Türkheim bei einer Frau an der Wertach versteckt. Aber die Alliierten fanden ihn.[114]

Es war auch das Ende des Kronenwirts [Josef Wiedemann]. Die Juden waren nach dem Zusammenbruch des 3. Reiches alle in Türkheim einquartiert. Die Krone war ihr Kasino.[115]

---

[113] Es gibt ein Foto von dieser Beerdigung. Dieses Foto ist abgebildet im Türkheimer Heimatblatt Nr. 87. Hier auch die Beschreibung dieser Beerdigung aus dem Türkheimer Anzeiger vom 24.12.1934.

[114] Diese stimmt nicht ganz. Streicher wurde am 23. Mai 1945 an seinem Fluchtort, einem Dorf Waidring, in den Alpen, festgenommen. Ein Offizier war einem Hinweis aus der Bevölkerung gefolgt, dass sich in einem Haus ein hochrangiger Nationalsozialist verstecke. Zu den letzten Tagen Streichers in Türkheim vgl. Joseph Bernhart: Tagebücher und Notiven, Weißenhorn 1997, S. 182

[115] Alois Epple: Jüdische DPs in Türkheim und Umgebung, in: Nach der Shoa – Jüdische Displaced Persons in Bayerisch-Schwaben 1945 – 1951, herausgegeben von Peter Fassl, Markwart Herzog und Jim G. Tobias, Konstanz 2012, S. 83 – 107 und Alois Epple: DPs in Türkheim, in: Türkheimer Heimatblätter, Nr. 77

Die Kronenwirts wohnten über dem Kuhstall. Die [einzige] Tochter verübte Selbstmord, nachdem sie angeblich von einem Juden schwanger war. Diese Tragödie: Der Vater Judenhasser und dann das! Jahrzehnte lang hatte der Jud' Schmied seinen Handelsstall in der Krone. Er war Viehhändler [aus Fischach], nicht besser und nicht schlechter wie die anderen auch. Bei ihm bekam man auch ohne Geld mal eine Kuh und konnte sie abstottern.[116]

In der Rosenstraße, vielleicht 1. Mai 1938.

Noch eine Begebenheit von der Nazizeit ist mir in Erinnerung geblieben. Es war an Fronleichnam in der Früh'. Wir schmückten die [Rosen-]Straße mit Maien[117] und Gras, vom Giebel flatterte die Kirchenfahne weiß und rot. Da kam plötzlich der Bürgermeister angebraust und schrie uns an, wir sollen sofort die Fahne herein nehmen und stattdessen die Hakenkreuzfahne hissen. Mein Vater sagte darauf: „Josef, wenn der Hitler kommt, häng' ich seine Fahne raus,

---

[116] Vgl. Alois Epple: Maria Hefele, in: Türkheimer Heimatblätter Nr. 79

[117] Maien = Erlen-. Birken- oder Haselnussbäumchen.

wenn unser Herrgott vorbei zieht, dann seine Fahne!" Wütend zog er ab, ging ins Nachbarhaus, die auch den Kirchenfahnen heraus getan hatten. Wir taten dann die Fahne herein, aber keine andere hinaus. Sogar bei Beerdigungen von Parteigenossen bedeckte man den Sarg mit der Hackenkreuzfahne.

Die Festzüge am ersten Mai wurden immer groß aufgezogen, die ganzen Handwerke auf Festwagen dargestellt. Vater hat damals auf dem Baumwagen eine Brug [Brücke] drauf gemacht. Vorn waren die Maurer am Mauern, hinten die Zimmerleute am Sägen. Ich hab noch eine Fotographie von dem Festwagen mit der ganzen Belegschaft und Vater.

Diese Umzüge waren schon imposant. Einen Wagen hab ich noch besonders in Erinnerung. Es war der Bauernwagen. Beim Sattler Zacher im Bräuhaus [Maximilian-Philipp-Str. 13] hatten sie einen richtigen ausgestopften Gaul im Schaufenster. Darauf wurden die neuen Pferdegeschirre ausgestellt. Dieses Pferd war auf dem Wagen vor einen Pflug gespannt und der alte Kasper, es war der Onkel vom alten Bruckmax, hielt den Pflug. Der alte Kasper, eine Legende von einem Mann, mit der langen Pfeife im Mundwinkel, ein blaue, hochgezogene Schürze und dazu sein Markenzeichen, sein Schmierbart, auf jeder Seite 15 cm lang. Nur der alte Sattler Zacher hatte ähnliches zu bieten.

Wie dann der Krieg ausbrach und die ersten Gefallenenmeldungen kamen, die Beschlagnahmung aller möglichen Sachen - sogar vor den Kirchenglocken machten sie nicht Halt, auch sie musste man abliefern. Da war es schnell aus mit der Begeisterung. Nur Angst und Schrecken auf die Zukunft waren der Euphorie gefolgt. Dann die Bombardierungen der Städte Schwabmünchen [4.4.1945], Augsburg [25./26.2.1944]. Ich selber bin damals mit unserer Zugmaschine ein paar Mal in diese Ruinenstädte gefahren, im tiefsten Winter, um einigen Ausgebombten ihre restliche Habe die auf der Straße stand in Sicherheit zu bringen. Immer in der Angst, es kommt Fliegeralarm. Die ganzen fünf Kriegsjahre fuhr ich die Zugmaschine zuhause in unserem Baugeschäft mit Sägewerk. Mit einem alten Knecht, der in der Salamander[fabrik] Schichtarbeiten ging, fuhr ich ins Langholz und Kies und Sand und beförderte dieses zu den Baustellen. In der Landwirtschaft mit dem Polen und Franzosen alles säen und mähen! Das war meine Beschäftigung als junges Mädchen. Diesen Zeitabschnitt in meinem Leben habe ich in meinen Memoiren ausführlich niedergeschrieben.

In den letzten Kriegswochen war buchstäblich über Nacht ein Judenlager am Oberen Bahnhof da.

Für die Landjugend gab es ebenfalls Wettkämpfe. An einem solchen nahm ich auch teil. Er wurde in der [Gaststätte] Krone abgehalten: theoretisch, weltanschaulich und praktisch. Ich habe damals von den Mädchen aus Türkheim, Amberg, Irsingen, Rammingen und Ettringen am besten abgeschnitten und wurde damals mit einem jungen Mann aus Berg (Senner, gefallen) zum Gauentscheid nach Augsburg geschickt. Im „Blauen Krügle", einem Gasthof mit riesigem Saal, war die Entscheidung. Wegen meiner blonden Haare (arischer Ausschuss!) sollte ich auf eine Art Ordensburg zur politischen Schulung, aber Vater lehnte das ab.

Als der Krieg dann ausbrach, mussten alle kriegstauglichen Männer einrücken, Pferde, Zugmaschinen wurden enteignet. So standen wir innerhalb einer Woche ohne Pferde, Traktoren und Mannsleuten da. Nur Frauen und alte Leute waren noch da. Fünf Jahre dauerte der verfluchte Krieg, der von den Soldaten an der Front und den Frauen und Alten in der Heimat das Letzte gefordert hat, für eine

Wahnsinnsidee, die in Tod und Ruinen unserer Städte und jahrelanger Gefangenschaft und Vertreibung endete.

Anfang und Ende des Krieges

Der Jahrgang 1915 hatte gerade seine Militärzeit beendet. Die Männer des1916er Jahrgangs waren aktiv, da brach der Krieg aus. Allgemeine Bestürzung bei den einen, bei den anderen Euphorie. In wenigen Tagen war die Welt verändert. Die jungen Männer mussten einrücken, die Pferde wurden beschlagnahmt. Wir mussten unsere Lotte und den Motzetfuchs hergeben. Ein paar Tage später die Zugmaschine. Der Klement, der Esel, hatte sich freiwillig gemeldet. Wie es ernst wurde, hat es ihn wieder gereut. Er heulte Rotz und Wasser als er dann fort musste. So waren wir innerhalb acht Tagen ohne Dienstboten, ohne Pferde, ohne Traktor und die Hälfte der Belegschaft im Geschäft. Was nun? Mit der Liesel, einem alten Pferd, und einem Ochsen mussten wir zurechtkommen. Da kaufte Vater wieder eine neue Zugmaschine. Kein Fahrer war aufzutreiben. So musste ich wohl oder übel den Fahrer machen. Die ganzen Kriegsjahre und danach.

Viele meiner Altersgenossen sind im Krieg geblieben. Vater hatte immer bedauert, dass er keinen Sohn hatte. Aber in dieser Kriegszeit sagten die Leute oft zu ihm: „Sauter, du hast deine Töchter wenigstens da!" So verging ein Jahr um das andere. Mutter starb 1940. Man durfte nur ganz kurz Scheidung läuten, wegen der Flugzeuge.

Der Chorraum in der Kirche war eingerüstet. Der Altar stand vor den ersten Kirchenstühlen. Ein paar Jahre später rüsteten unsere Leute das ganze Kirchenschiff ein. Alles noch mit Stangen und Läden. Die ganze Decke im Kirchenschiff wurde mit neuen, starken Läden belegt. Es war für die damalige Zeit viel Aufwand. Jahre lang waren die Stukkatoren in Türkheim. In der Malerwerkstatt vom

Strasser gossen sie die Gipsornamente. Bei uns wurde Kalk, der alt sein musste, sodass er nicht mehr arbeitet, eigens in einer Grube gelöscht. Viele Lebensmittel wie Butter und Fleisch opferte unsere Familie damals, um von dem Kalk- und Gipsfabrikanten immer wieder Nachschub zu bekommen. Auch das Gerüst hatte Vater kostenlos erstellt.[118]

Der Tag [27.4.1945] bevor die Amerikaner kamen war alles voller Angst was kommen wird. Wir haben im Keller Wertsachen, Lebensmittel, Schmalz, Milch und dergleichen eingemauert. Die Zugmaschine hat uns die flüchtende deutsche Armee weggenommen. Das Auto wollten sie auch mitnehmen. Aber da hatte ich die Räder abmontiert und im Heu versteckt. Da wollten sie in Türkheim Panzersperren aus Langholz an der Wertachbrücke und im Ort errichten.[119] Mein Vater lehnte das Vorhaben ganz entschieden ab. Was für ihn ein großes Wagnis war. In Pfaffenhausen haben sie den Wegmacher Satzger, weil er zu Soldaten sagte: „Der Krieg ist doch verloren", gleich am nächsten Baum aufgehängt. Am gleichen Tag ließen sie die Juden am Oberen Bahnhof laufen. Vier Judenmädchen nahmen wir bei uns auf. Man hörte schon von weitem das Kanonendonnern. Alles war in Angst und Sorge um der Dinge, die da kommen werden.

Die [befreiten] Judenmädchen [aus dem KZ bei Türkheim][120]machten uns Mut und versprachen uns, sie werden sich bei den Befreiern für uns verwenden. So wurde es Abend. Vater sagte: „Legt euch mit der Kleidung schlafen, wer weiß, was heute Nacht passiert?" Nach

---

[118] Zu dieser Kirchenrestauration ausführlich in Alois Epple: Die Pfarrkirche Mariä Himmelfahrt in Türkheim – Umbau-, Renovierungs- und Ausstattungsgeschichte, ²Türkheim 2013

[119] Hubert Wiedemann: Dieser Menschenfressende Krieg, in: Türkheimer Heimatblatt, Nr. 4 1985.

[120] Alois Epple: KZ Türkheim, Bielefeld 2009

Mitternacht war dann die Hölle los. Die Ramminger- und Tussenhauserstrasse jagten Pferdegespanne herein, Reste der Wehrmacht auf der Flucht, die Amerikaner mit Panzern hinter her. Schießereien gab es im Ortskern. Wir stiegen auf den Speicher und hängten ein weißes Leintuch an der Fahnenstange beim Fenster hinaus. Am Morgen war die Welt verändert. Niemand durfte aus dem Haus. Von 10 Uhr bis 12 Uhr durfte man in die Hauptstraße zum Einkaufen. Ich fuhr mit dem Rad zum Walter-Schuster [Augsburger Str. 4]. Der verkaufte in aller Eile seine Schuhe. Beim Weberschmied [Tussenhauser Str. 1] brannte ein Auto. Die Straße war voller Panzer mit amerikanischen Soldaten, Neger und dergleichen. Die Straße hinter dem [unserem] Holzlager war übersäht von Kriegsgerät, Pferdewagen. In der Bahnhofstrasse bis zum Oberen Bahnhof lagen viele tote Pferde. Viele Pferde irrten in der Flur herum. Viele Bauern haben sich damals Pferde eingefangen. Ein Jude brachte uns zwei Pferde auf den Hof, die auch herum gelaufen waren. Es waren zwei Elsässische Kaltblutpferde die etwas klein waren, wie die belgischen Artgenossen. Wir konnten sie gut gebrauchen. Wir hatten nur noch ein eigenes Pferd und ein Gespann von einer Flüchtlingsfamilie aus dem Elsass, halbe Zigeuner mit denen es immer Streit gab. In den Mittagsstunden brannte dann das Anwesen vom König (Seeger) in der Oberjägerstrasse [Hausnr. 8]. Ein deutscher Soldat, der sich darin versteckte, schoss hinaus, die Amerikaner schossen das Gehöft in Schutt und Asche, der Soldat kam darin um. Dann begann für Türkheim ein unrühmliches Treibe: Plünderungen. Beim Sting Schuhgeschäft [Maximilian-Philipp-Str. 28] plünderten sie den ganzen Laden aus. Beim Sing Karl in der Bahnhofstrasse [Hausnr. 15] und beim Birkenhauer, vormals Zahler [Maximilian-Philipp-Str. 18]. Unser Pole, der Jakob - der war etwas beschränkt, aber sonst ein guter Kerl - brachte einen Arm voll Ware, Stoff und Textilien und schmiss es bei uns ins Wohnzimmer. Auf meine Frage, wo er das her hat sagte er: „Große Lade Bubemeister (Bürgermeister) Personi alles raus". Die Bevölkerung hatte die eigenen Geschäfte geplündert. Ich rief im Laufe des Nachmittags bei Frau Birkenhauer in Wörishofen an. Sie weinte. Ich sagte ihr: „Unser Pole hat da was gebracht", sie soll es abholen. Wenn wir was kaufen können, ist es recht, wenn nicht, kann sie es abholen. Sie holte die Sachen ab und sagte, dass das Zeug nicht einmal ihr gehört, alles hatten sie heraus gestohlen, sogar die Gardinen samt den Stangen. Der Elektro-Zerle hatte auf der Nordseite seinen Laden und darüber seine Wohnung. Er setzte sich ans Fenster und schrieb die Diebe auf. Ein halbes Jahr später tauchten die ersten Kleider und Mäntel von dem Stoff auf. Überall wurden Lager geplündert. Am Oberen Bahnhof hatte die OT das Judenlager und die Baustelle für eine Munitionsfabrik. Da waren Stoffe, Matratzen, rauhes leinenartiges Gewebe, Kleinmaschinen und dergleichen gehortet. In Ettringen Nähmaschinen. Gewisse Leuten aus Türkheim und Umgebung haben damals kräftig zugegriffen. Als die beim Sing in der Bahnhofstrasse [15] alles heraus stahlen fuhr ich mit dem Fahrrad vorbei. Der Bleyer Mattheis sagte zu mir: „Schau die an, die Bestien von Türkheim, ich schäme mich für sie!" Die Besatzungsmacht beschlagnahmte Häuser. Die Krone wurde das Domizil der Juden. Unsere Jüdinnen halfen uns am Anfang bei der Feldarbeit. Später hatten sie Freunde und gingen auch mit ihnen nach Israel und Amerika.

Die Währungsreform [20.6.1948] brachte noch einige Probleme. Wir zum Beispiel bekamen bei dem Brand von unserer zwölf Jahre alten Scheune, die der Roiser Naz in Brand gesteckt hatte, nur 10 % von der Inventarversicherung und 70 % von der Feuerversicherung. Vor der Währungsreform konnte man mit dem Geld nichts kaufen. Nur mit Lebensmittel oder mit Tauschobjekten konnte man Baumaterial und Gebrauchsgüter bekommen. Nach der

Währungsreform war wieder Waren da, aber kein Geld. Es war ein schwerer Anfang.

Während des Krieges

Während des Krieges [1941] riss ein Hochwasser das Wehr bei der Waltermühle weg. Eine Baufirma aus München war mit dem Neubau eines Wehres beauftragt. Es gab kein Wasser mehr im Ort. Französische Kriegsgefangene, die in der Rosenau untergebracht waren, mussten beim Bau arbeiten. Ich habe damals mit unserer Zugmaschine die ganzen Bohlen und Baumaterial angefahren.

Die Kirchenglocken musste man abliefern, bis auf eine kleine.

Täglich war man in Angst vor den feindlichen Fliegern, die zum Schluss auch hier Bomben abwarfen[121]. Viele junge Männer in meinem Alter sind gefallen auf dem Felde der Ehre. War es ein Feld der Ehre? Für eine Wahnsinnsidee? Die Frauen und die alten Leute trieben die Höfe und Geschäfte um, unter den schlimmsten Bedingungen. Diese Opfer der Frauen und Mütter waren auch ein stilles Heldentum. Nach dem Krieg wurden Türkheim viele Heimatvertriebene zugeteilt. Sie wohnten anfangs zusammengepfercht im Saal in der Sonne, bis sie langsam zwangseinquartiert in die Häuser wurden und von den von den Besitzern als „Huraflüchtlinge" bezeichnet wurden. Sie haben sich mühsam wieder einen Hausstand erarbeiteten. Heute haben sie sich alle integriert und mit eigenen Häusern zu guten Bürgern entwickelt.

In der Nazizeit wurden in Kaufbeuren auch Türkheimer durch das Euthanasiegesetz [4.71933] umgebracht. Meines Wissens Babett Bleies, eine Vikari Tochter, die Frau vom

---

121 Auf Türkheim selber wurde allerdings keine Bombe abgeworfen!

Kaltenmaier Hermann und der Schilling Ludwig, der Gerüchte in Umlauf brachte[122].

Während des Kriegs war im Schloss von der Gestapo Augsburg eine Deponie der Akten der Gestapo untergebracht. Bei uns hatte man die Regale dafür gertigen müssen. Täglich holte ein Kurier die Akten, die gebraucht wurden, mit der Bahn ab. Der Herr, ein unauffälliger Mann, kam immer zu uns um eine Flasche Milch. Einen Ta, vor die Amerikaner kamen, wurde alles im Hof verbrannt.

Die Anwander Mauer. Er baute eine geborener Türkheim. Sie war 2 m hoch. Er war Freimauerer und wollte damals schon ein FKK-Gemände bauen. Das Geld verdiente er durch Schmuggeln von Seide, Uhren, Hunde usw. Er wollte noch eine Villa bauen, aber die Grenzer erschossen ihm beim Schmuggeln eines Hundes. Er liegt im Friedhof begraben. Sein Sohn veräußerte das Anwesen und zog fort.

In der Nazizeit wurden in Kaufbeuren auch Türkheimer durch das Euthanasiegesetz umgebracht. Meines Wissens BabattBleier, eine Vikari Tochter, die Frau vom Kaltenmaier Hermann und der Schilling Ludwig, der Gerüchte in Umlauf brachte.

Während des Kriegs war im Schloß (Amtsgericht) von der Gestapo Augsburg eine Deponie der Akten der Gestapo untergebracht. Bei uns hat man die Regale dafür fertigen müssen. Täglich holte ein Kurier die Akten die gebraucht wurden mit der Bahn ab. Der Herr, ein unauffälliger Mann, kam immer zu uns um eine Milch. Einen Tag vor die Amerikaner kamen wird alles im Hof verbrannt.

---

[122] Hinzugefügt sei noch Karl Epple.

Meine Reisen

Bis zur Aufgabe unserer Landwirtschaft habe ich nie Zeit gehabt und das Geld für wichtige Dinge gebraucht. Länger als einen halben Tag war ich nie abwesend. Meine Urlaube waren die paar Tage Ruhe nach der Entbindung meiner Kinder im Krankenhaus. Mit [meinem Ehemann] dem Franz war ich zweimal auf dem Oktoberfest und als die Kinder größer waren fuhren wir beide mit unseren Ramminger Freunden ab und zu ins Blaue und die Kinder mussten die Stallarbeit machen. Leider ist der Franz allzu früh verstorben nachdem er es endlich leichter gehabt hat. Meine Kinder ermöglichten mir nun im Rentenalter noch etwas von der Welt zu sehen.

Mit meinen Schwestern Loni fuhren wir mit der Bundesbahnreisezug nach Holland. Es war für mich der erste Urlaub meines Lebens. Die Reise ging den Rhein entlang nach Amsterdam zur Tulpenzeit Es war für mich etwas ganz neues, einmal ohne die alltägliche Arbeit einer Bäuerin. Nur die Schönheit dieses Landes und seiner Blumenwunder zu schauen, die riesigen Tulpenfelder, mal gelb, mal rot, kilometerweit die Glashäuser, die Landschaft durchzogen von Kanälen, überall statt einem Gartenzaun oder einer Feldgrenze Wassergräben, Windmühlen. Der größte Hafen der Welt, Rotterdam mit seinen Ozeanriesen, Containerschiffen, Docks. Amsterdam mit seinen Grachten, die Architektur der Häuser, die Nordsee beeindruckte mich sehr. An dem Tag war der Himmel grau-in-grau. Wir standen auf dem künstlichen Damm zwischen der Nordsee und dem Ijsselmeer. Das dumpfe Grau des Himmels spiegelte sich in der Brandung und flößte mir fast Furcht ein. In Scheveningen ist die See neun Meter höher als das Land. Den Hag, der Regierungssitz Delft usw. Es war herrlich.

Mit der Loni fuhr ich fünf Tage nach Paris, das wegen der Sprache schon einige Probleme machte. Aber wir haben die schönste Stadt der Welt genossen: Notre Dame, den Louvre, wo wir die Mona Lisa bewundert haben, den Eifelturm, Versaille, die Seine usw. In dem Hotel in Paris passierte mir eine fatale Sache: Die Hotelzimmer haben nach außen keine Klinge, sind also nur mit dem Schlüssel zu öffnen. Ich ging aus dem Zimmer. Der Schlüssel steckte innen. Da schlug ein Windstoß die Türe zu. Was soll ich tun. Der Mann am Empfang konnte nicht Deutsch und ich nicht Französisch. Da fiel mir ein Vers ein, den jeder Mittelschüler kann: Le boeufe, der Ochs, la vache, die Kuh, fermez la porte , die Türe zu.

Mit Franz waren wir einmal in seiner Heimat, haben Wien und Prag, die goldene Stadt, kennen gelernt.

Mit meinem Schwiegersohn Franz flog ich mit einer Reisegesellschaft der Raiffeisenbank Mittelneufnach ins Heilige Land. Der erste Flug in meinem Leben. Als wir in Tel Aviv landeten war ich froh, dass uns die Erde wieder hatte. Im Fünf-Sterne-Hotel Astoria erlebte ich einen Luxus, der mir bis dahin fremd war. Im 15. Stockwerk waren wir einquartiert. Diese Vielfalt an Speisen auf den Tischen zur Selbstauswahl, man wusste gar nicht, was man nehmen sollte. Dann die Heiligen Stätten: Nazareth, Bethlehem, Jerusalem, das Tote Meer, die Wüste, der Jordan, der Ölberg, der See Genezareth, Kafarnaum, die Via Dolorosa, die Grabeskirche, die Golanhöhen, die Amphitheater, Karawansereien, der Felsendom und Orangenhaine, die Wege die Jesus einst ging, das vergisst man ein Leben lang nicht mehr. In Jerusalem traf ich auf offener Straße den Lupp Albert[123] und seine Schwester. Wie ist die Welt doch so klein.

---

[123] Zur Biographie von Albert Lupp, vgl. Türkheimer Heimatblatt Nr. 73

Mit der [Tochter] Anni und [dem Enkel] Patrick fuhr ich, weil der [Schwiegersohn] Michael geschäftlich nicht mit konnte, ins Kütei zum Skifahren. Solcher Luxus war mir bis dahin fremd. Wie haben wir beide [der Franz und ich] so bescheiden gelebt. Wir waren aber zufrieden. Zufriedener wie die Leute heute.

Katastrophen

Maul- und Klauenseuche[124]

1938 wütete in Türkheim eine schwere Viehseuche. Über 200 Stück Großvieh und viele Kälber fielen ihr zum Opfer. Täglich musste man bei uns mit der Zugmaschine (Seilwinde) die verendeten Tiere aus den Ställen gezogen und zum Schindgarten transportiert werden. Dort wurden sie eingegraben. Wir hatten auch zwei Kühe an den Folgen dieser schrecklichen Seuche eingebüßt.

Ich habe in meinem Leben schon einige Seuchen erlebt, aber was 1938 los war, das war schrecklich. Man kann da schon von einer Rinderseuche sprechen. Sie breitete sich sehr schnell aus. Die Tiere litten furchtbar. Schaum stand ihnen im Maul und die Klauen lösten sich vom Kern. Tag und Nacht saßen die Bauern in den Ställen bei ihrem Vieh und flößten den Tieren starken Kaffee, Branntwein und dergleichen ein. Täglich musste man bei uns tote Tiere mit dem Traktor und der Seilwinde aus den Ställen ziehen. Weit über 100 Stück Großvieh und einige 100 Kälber gingen damals ein. Auch wir verloren unsere beiden schönen „Blässen". Das ganze Vieh wurde auf dem Schindgarten vom Wasenmeister, dem alten Burger, eingegraben. In späteren Jahren gab es noch ein paarmal leichtere

---

[124] Alois Epple: Türkheim in unserem Jahrhundert, Türkheim 1990, S. 71; Türkheimer Heimatblatt, Nr. 35, 1999

Klauenseuchen. Aber jetzt scheint sie nicht mehr aufzutreten.

Wertachhochwasser

Auch eine Überschwemmung der Wertach war in diesem Jahr[125]. Im August führte die Wertach Hochwasser und trat ober [südlich] dem [Oberen-] Wehr bei der Waltermühle über die Ufer, überschwemmte die ganze Fläche. Beim Posthalter hatten sie auf ihrer Wiese am Bächle oberhalb vom [Frei-]Bad Bierlinge [Heuhaufen]. Sie wurden alle weggeschwemmt und saßen alle bei der großen Hecke beim Krankenhaus. Über die Grabenstraße floss das Wasser, bei Müller Konrad Jakob Sigle-Straße 17] war ein See, fast einen halben Meter tief. Alle Keller im Bächlabereich liefen voll Wasser. Beim Gehensel [Grabenstr. 21] stand der Küchenherd bis zur Platte im Wasser. Nach Berichten vom Alfred, der bei uns Hirtenbub war, mussten sie die Brutel ([brütende Henne] samt den Heala (Kücken) in den oberen Stock bringen.

Ich fuhr mit meinem Vater auf dem Fußweg zur Waltermühle mit dem Fahrrad. Da wären wir beinah im Bächla gelandet. Man hat nicht mehr gesehen, wo es ist. Ein Feuerwehrmann machte uns im letzten Moment aufmerksam. Das Wehr war ein gigantisches Schauspiel, diese Wassermassen füllten das ganze Flussbett. Wir fuhren die Korrektion[126] herunter bis zur Wertachbrücke. Mit knapper Not ging das Wasser noch unter der Brücke durch. In diese tosenden Fluten sprang von der Brück aus der Öttil Xaver und der Marchinger Karl hinein und schwammen ans östliche Ufer. Der alte Bürgermeister Wiedemann [1902 –

---

[125] Es muss 1932 gewesen sein: a) In diesem Jahr ist ein HW nachweisbar (vgl. Alois Epple: Türkheim in unserem Jahrhundert, Türkheim 1990, S. 93). Zu dieser Zeit war der „alte" Josef Wiedemann noch Bürgermeister, wie unten erwähnt.
[126] Fußweg entlang der Wertach.

1935], der auch auf der Brücke stand, schimpfte sehr über den bodenlosen Leichtsinn der beiden. Das östliche Ufer unterm Bruckmax [Jakob-Sigle-Str. 59] stand alles unter Wasser. Dann fuhren wir an der Korrektion nach Ettringen. Dort hat die Brücke den Wassermassen nicht standgehalten. Sie sackte unter. Das Wasser hat sich unterhalb der Brücke ein neues Bett gegraben. Eine halbe Wiese war weggerissen. Das Langwehr [Wehr bei der Papierfabrik Lang] hatte kein Wasser mehr. Seit dem hat es kein so schweres Hochwasser mehr gegeben.

Andere Version:

Ich glaube, es war im August. Es war sehr heiß und dann hat es viel geregnet. Die Wertach war zum reißenden Strom geworden. Oberhalb [südlich] der Waltermühle trat sie über die Ufer und setzte die ganze Fläche südlich von Türkheim unter Wasser. Der Langweidbach (s'Bächla) war nicht mehr auszumachen. Es war alles nur noch Wasser. Vater wollte mit mir und Resi mit dem Rad zum Wehr an der Waltermühle fahren. Der Fußweg führte am Krankenhaus vorbei zur Waltermühle. Die Feuerwehr war im Einsatz. Einer rief zu Vater: „Sauter, gleich liegst im Bächla denn!" Man sah nicht, wo es eigentlich war. Wir zogen die Schuhe aus und fuhren bis zum Wehr. Es war gigantisch, die tosenden Wassermassen. Dann fuhren wir an der Korrektion [nach N] bis zu Wertachbrücke. Da ging das Wasser gerade noch durch. Die rechte Seite unter dem Bruckmax [Jakob-Sigle-Str. 59], das Auengelände war alles unter Wasser. Der Ottil Xirl [Xaver] und das Marchinger Karl sprangen von er Brücke hinein die tosende Flut. Der alte Bürgermeister Wiedemann [1902 – 1935], der auch auf der Brücke stand, schimpfte sehr, ob dieses Leichtsinns der jungen Kerle. Dann fuhren wir weiter die Korrektion hinunter nach Ettringen. Dort hat die Wertach die Brücke in der Mitte abgebrochen. Sie war abgesackt und unterhalb [nördlich] der Brücke hatte sich die Wertach ein neues Bett gegraben. Über das Wehr lief kein Wasser mehr. In der Bahnhofswirtschaft sind wir noch eingekehrt. Vater spendierte uns noch ein paar Weißwürste. Ich mühte mich ab, den Würsten die Haut abzuziehen und wusste nicht, wie ich es anstellen soll. Mir gegenüber saß der Metzger Allgaier und schaute mir zu, wie ich mich mit der Wursthaut abmühte und lächelte so spöttisch. Da hab ich sie eben mit samt der Haut gegessen. Im Ort wurde es immer dramatischer mit dem Wasser. Beim Posthalter hatten sie oberhalb vom Badhäuschen eine große Wiese. Das Grummet war auf Bierlingen [Heuhaufen]. Die hat das Wasser alle weggeschwemmt. Sie saßen alle vor der großen Hecke beim Krankenhaus. Über die Grabenstraße lief das Wasser quer herüber, durch alle Anwesen, rechts der Hauptstraße. Der Gehensel Fredl war bei uns Hütenbub. Er erzählte: In seinem Elternhaus, das an dem Gässle stand beim Spengler Rauch [Grabenstr. 23], stand der Herd in der Küche bis zur Platte herauf im Wasser. Die gesamten der Häla [Küken] musste man in die Kammer hinauf in Sicherheit bringen. An dem Platz Müller Konrad, Zech Max [Einmündun g der Kirchenstr. In die Jakob-Sigle-Straße] stand das Wasser 30 cm tief. Auch der unter Flecken entlang am Bächla stand unter Wasser, mein Rehle [Augsburgerstr. 23] usw. Es dauerte Tage, bis sich die Lage wieder entspannt hat. Ettringen musste eine neue Brücke bauen.

Unwetter

Geboren bin ich im Dezember 1916, eingeschult bin ich im April 1922 worden. An diesem Sommer durften wir, meine ältere Schwester und ich, mit dem Fuhrwerk nach Mindelheim mitfahren. Der Knecht, es war der Eduard, er war acht Jahre bis zu seiner Heirat bei uns, musste vom Vollgatter ein Teil zur Reparatur in die Hammerschmiede nach Mindelheim bringen. Ich kann mich noch erinnern an eine Wirtschaft mit gemalter Fassade [Siegeshalle]. Dort kehrte der Eduard ein und wir bekamen ein Paar Würste zum Essen. Dann fuhren wir in Richtung Mattsies heimwärts. Es war an diesem Tage eine große Hitze und es sah bald nach einem Gewitter aus. Einen eisernen Küchenherd hatte man uns für jemanden mit gegeben und ein Schuster von Türkheim, der uns begegnete, lud sein Leder, das er auf dem Rücken hatte, zu uns auf den Wagen. Die Wolken wurden immer dunkler und es fing an zu regnen. Der Eduard sagte: „Kriecht unter den Herd, da werdet ihn nicht nass". Das Leder schob er als Kopfpolster auch unter den Herd und eine Rossdecke darüber. Die andere diente ihm zum Schutz vor dem Regen. Wir waren zwischen Rammingen und Türkheim. Da entlud sich ein schweres Wetter. In großer Eile fuhr der Knecht heimwärts. Als wir glücklich bei der westlichen Hofeinfahrt herein fuhren, dann im Langholzlager die Pferde ausgespannt und wir heil ins Haus liefen, brach die Hölle los. Hagelgeschosse taubeneiergroß prasselten sturmgepeitscht vom Himmel und vernichteten die ganze Ernte. Mutter dankte Gott, dass wir noch rechtzeitig nach Hause kamen.

Verschiedenes

Backtag

Wenn Backtag war - es war der Tante ihre Arbeit - wog sie am Vorabend das Backholz ab. Es war so lang, wie die „Schiehr" in dem eisernen Backofen, der in der „Speis" stand. Dann wurde angedampft. Der „Urhalb" war Sauerteig, von der letzten „Bäck" etwas aufgehoben. Manchmal musste man ihn wieder erneuern, in dem man vom Bäcker etwas frischen dazu mischte. Also: er wurde eingeweicht und damit ein „Dampfl" gemacht. Am anderen Morgen war er aufgegangen. Nun begann die Schwerstarbeit mit beiden Fäusten musste der Teig geknetet werden, warmes Wasser zugegossen werden. Koriander oder Kümmel als Geschmacksverbesserung ebenfalls dazu. Es war richtiggehende Muskelarbeit. Nach dem er nochmals gegangen war, wurden die Laibe ausgeformt auf zwei Nudelbrettern, zum nochmaligen gehen gelegt, mit einer Essgabel bestochen. Das Feuer im Backofen wurde angezündet. Wenn das Holz verbrannt war wurde „angeglutet" d.h. mit einer eisernen Krücke räumte man die „Brandernte" heraus; dann wurde mit einem nassen Leinen sauber heraus gewischt. Der Ofen hatte zwei Etagen und war mit Schamottsteinen ausgekleidet, die die Hitze speicherten. Mit der Backschaufel schoss die Tante dann die Laibe ein: sechs unten und sechs oben. Nach zwei Stunden war das Brot fertig; mit der Brotschaufel wurde es herausgeholt, mit Wasser bestrichen, da bekam das Brot einen schönen Glanz. Aufbewahrt wurden die Laibe auf der Brotschaukel im Keller, die an der Decke hing, dass keine Maus dazu konnte.

Auf Kirchweih wurde Weißbrot gebacken, auf Weihnachten das Birabrot [Birnenbrot] was eine besondere Spezialität der Tante war. Zu Ostern buk sie den traditionellen Osterfladen aus feinem Hefeteig mit Rosinen, Orangeat und Zitronat,

107

oben verziert mit gedrehten Zöpfchen und Ornamenten. Ein Teil kam in den Oster-Korb mit Eiern, Schinken, Brot, Salz, ein Osterlamm. Der wurde zur Kirche getragen. Zu Allerheiligen bekam man vom Taufpaten den Seelenzopf, zum Nikolaus die Klausen aus Hefeteig.

[Sauerkraut]

Zu allen Mehlspeisen gab es das obligatorische Sauerkraut. Im Herbst kaufte man bei uns drei bis vier Zentner Kraut. Dann bestellte man den Krauthobler. Auf dem gescheuerten, mit Tüchern ausgelegten Boden wurde das Kraut mittels Krauthobel, der der Gemeinde gehörte, gehobelt. Der Hütenbub' musste das Kraut, nachdem er seine Füße gewaschen, in der Krautstande eindappen [eintreten]. Salz und Weißwein wurde dazu gegeben. Ich glaube das war unsere Vitaminquelle.

[Süßigkeiten]

Außerdem kaufte Mutter jeden Herbst drei bis vier Zentner Bodenseeäpfel von einem Obstbauern von Oberreitnau, manchmal eine ganze Steige Weintrauben, wenn sie am billigsten waren. Schleckereien gab es nicht. Der Wassermann von Memmingen, die Lieferfirma von Zement, Kalk und Gips, brachte immer für uns Kinder je eine Tafel Schokolade mit. Da haben wir immer darauf gewartet, wenn er seine Kundenbesuche machte.

Am Markt[127] bekam man fünf Tafeln für eine Mark. Mir ist aber von der billigen Schokolade immer schlecht geworden. Auch beim Schaukel und „Truller-"[Karussell-]fahren [ist mit schlecht geworden]. Kuchen gab es nur zu Vaters

---

[127] In Türkheim gab es im 2. Sonntag im Mai und am 1. Sonntag im Oktober einen Jahrmarkt. Heute finden die beiden Märkte am 2. Sonntag im Mai und am 2. Sonntag im Oktober statt.

Geburts- und Namenstag am 24. April, weil da der ganze Familienclan kam.

[Sonntag]

Die Sonntage waren in erster Linie zum Kirchgang da. Seit meinem 1. Schuljahr besuche ich gewissenhaft den Sonntagsgottesdienst. In diesen 75 Jahren habe ich die Kirchenriten und Gebete auswendig gelernt.

[Essen]

Mutter war nach der letzten Frühgeburt nichtmehr ganz gesund. Es war zum Glück Tante Walli da, die ja auch die Butzarbeiten am Anfang mit übernahm. Einmal hätte sie nach Wörishofen heiraten können, aber Mutter bat sie, bei ihr zu bleiben und sie ist dann auch geblieben. Inzwischen war der Haushalt auf zehn Personen und auch manchmal mehr angewachsen. Sieben waren wir, zwei Knechte, eine Magd oder Melker, in späteren Jahren noch ein Bauführer für die Maurer. Tante und Mutter teilten sich das Kochen. Mutters Tagwerk begann täglich mit der sechs-Uhr Messe bei den Kapuzinern, dann gab es Kaffee, der wurde eingebrockt. Täglich wurde ein großer Kessel Kartoffeln gekocht. Die Großén wurden mit Milch und Butter zur Vormittagsbrotzeit und den Mittagstisch verwendet, die Kleinen bekamen die Hühner und die Schweine mit Grisch (Getreideabfall) und Käswasser gemischt. Drei bis viermal die Woche wurde die Milch zentrfugiert. Die Magermilch wurde am Herdrand zum Gerinnen gebracht, in ein Seihtuch geschüttet, an einem Stecken oder Besenstiel zur auslaufen aufgehängt, dann wurde der Topfen mit Butter, Salz und Kümmel vermischt undmit dem Löffel Käsle auf ein Holzbrett gesetzt. Das war wirklich etwas Herrliches, die frischen Käsla. Wenn der Rahmtopf voll war, mussten wir Kinder die Butter rühren. Früher kam immer eine alte Frau, die hat der Mutter diese Arbeit abgenommen. Wir nannten sie immer nur die Rühraseffa. Ihr Häuschen war vor Müller Konrad in der Frühlingstrasse. Es wurde abgebrochen. Von ihr haben wir eine hundert Jahre alte Gofine (Legende) auch Täfelchen mit hinterglasmalerei und Porzellanfiguren. Als die Seffa dann tot war, mussten wir Kinder die Butter rühren. Es war ein viereckiger Holzkasten mit Deckel, ein Holzkaspe mit vielen Löchern und ein Web zum Drehen. Eine mußte sich drauf sezten, damit das Butterfass nicht verrutscht. Dann musste man schön gleichmüssig drehen. Wenn der Rahm zu Schlagrahm war, haben wir immer mal den Deckel gelußft und ergiebitg Sahne geschleckt. Wenn dann die Butter fertig war goß man die Buttermilch heraus. Sie war ganz vorzüglich zum Trinken mit Butterpeis und etwas säuerlich. Mit frischem kaltem Wasser vollens zusammen geschlagen dann heraufgenommen zu einem Wecken geformt und meist gleich in einer großen Pfanne ausgelassen. Das Butterschmalz in den Schmalztopf gegossen, den Siederlies die Mutter in der Pfanne erkalten. Vater legte, wenn er gerade dazu kam, ein großes Stück Brot in den noch heißen Sieder. Das sog sich voll mit der heißen Flüssigkeit und wurde ausen knusprig. So ein Sierabrot, das war eine Köstlichkeit. Nur der Vater durfte sich das erlauben. Tante Walli sagte immer: Ich brauch den Siera zum rösten (geröstete Schupfnudeln). Drei mal die Woche gab es Fleishc, dreimal Mehlspeise wie Dampfnudeln, Schupfnudeln, Krautkraphen, Eierhaber, bachene Nudeln, Baurakiechla, Strauba, Apfelküchla, Zimmtkiechla, Holderkiachla. Sonntags die obligatorischen Knödel: Leber-Brät Griesknödel, drei Pfund Suppenfleisch wurden gebraucht. Samstags mit handbemachten Suppennudeln und Kartoffelmus, das mit Fleischsuppe zubereitet wurde, so schmeckte herzhaft. Dazu ein Zweckrippa oder Brustkern vom Rind oder drei Pfund Schweine oder Kalbsbraten. Samstags wurden auch drei große Hefenzöpfe gebakcen.

Die Anwander Mauer

Er baute ein geborener Türkheimer. Sie war zwei Meter hoch und umfriedete das Grundstück, jetzt Eidloth/Pfafflinger. Er war Freimaurer und wollte damals schon ein F.K.K. Gelände bauen. Das Geld verdiente er durch Schmuggeln: Seide, Uhren, Hunde. Er wollte noch eine Villa bauen aber die Grenzer erschossen ihn beim Schmuggeln eines Hundes. Er liegt in Türkheim begraben. Sein Sohn veräuserte das Anwesen und zog fort.

Notizen

Fendbrauerei, Steichele Bau 1912 der Rosenau, Steichele Cousine, Inzucht, Kinder Rochus, Ludwig und Leni, der Fend Isidor hatte die Wasserrechte unter sich, der Steichele ging nach Amerika, alte Spitzen ehemaliger Handkellerwirt, die Eisgewinnung der Wirte mit Eisgalgen, der Bierholbetrieb beim Fent mit dem Krug, die Mewtzger eisten die Weiher aus Wasserreserve, Döringer Weiher, die geistig Behinderte, die Wirtsleute von Türkheim, die Zeitung vom Ort

Jeden Dienstag Gerichtsverhandlungen, Bolz wir können nicht anfangen, die Frau Sirch ist noch nicht die, PostFräulein Emma Marzschin, die Taten der Kindheit (Schule) Frl. Weiß der Sturz auf der Bühne, der B Müller Laden 10 Gurken um 1 M Alter Motzet, Frau Scheuer, Hamburger Zimmermann fensterlt bei der Magd. Schlanke Marie Neumeir Anfang Götz hat einen Unfall als Kind beim Bierholen mit der Apothekertochter und dem Bierkrug Guntner Himer Näherinnen. Torwart Vikari, Lipp Saugestank auf dem Schulweg. Die Brauereien, das Brauhaus und seine Bewohner, Frau Geist hat dort eine weile einen Metzgerladen, der ausgestophtem Gaul, der Festzug mit dem alten Kaspar, der letzte Braumeister Magg von der Kone. Frau Döring, Magg Anni Schweine, Vrone die

Wagnereien Modistinnen. Doktor Söldner, Higler, die Bewohner des Schlosses, Amtsgericht r#äte Gessler, Olli mit dem Sterngugger, Oberamtsrat Bolz, der Bahnverwalter Böck seine Töchter, Frau Reim und Schossi Scheggach, die weißen Gamaschen der Kutten

Schule

Dann kam die Schulzeit. Mit 5 ½ Jahren 1921 bin ich eingeschult worden bei Frau Aloisia. Ich war nicht sehr groß, im Gegensatz zu meiner Schwester Resi. Frau Aloise meinte, wir probieren es; wenn sie nicht mitkommt kann man sie wieder heimschicken. Aber es blieb dabei. Ich kann mich noch an ein Lesestück von der 2. Klasse erinnern: M"Morgens in der Früh, treibt der Hirt die Küh, treibt sie auf die Wiesen, wo die Blumen spriesen, treibt sie auf die Auen, wo die Lüfte tauen, treibt sie in den Wald, wo die Büchse knallt". Auch an die Bebilderung kann ich mich noch erinnern. Das dreiit und vierte Schuljahr absolvierten wir bei Frau Superiorin. Sie war eine gütige Klosterfrau. Auch an die Bilder im Klassenzimmer kann ich mich noch erinnern. Es waren Tierbilder, Rehe und ein Biber.1926 kamen wir zu Frau Imakulata in die 5. Klasse der Oberklasse. Diese Frau Imakulata war gefürchtet. Bei ihr gab es Tatzen, oft ein halbes Duzend. Gott sei dank wurde sie dann Priorin in Wörishofen und wir waren sie los. Dafür bekamen wir Frl. Maria Eicher. Sie haben wir verehrt. Am 11. April 1926 ging ich mit meiner Schwester Resi zur Ersten Hl. Kommunion. Es wurden zwei Jahre zusammengelegt.

Rosenstraße

Unsere Nachbarn: Da ist einmal der Settele [Rosenstr. 2]. Während meiner Kindheit war es eine Schreinerei und Landwirtschaft. Frau Settele stammte aus Mindelau und war eine geborene Kornes. Den Theo brachte sie mit in die Ehe. Maria, die Schwester vom Schreiner [Settele], trieb mit einem alten Knecht die Landwirtschaft um. Der Theodor ist leider nicht mehr vom Krieg heimgekommen. Der Ludwig [Settele] hat studiert. Maria [Settele], die Älteste, heiratet nach München. Die Babett [Settele] heiratete den Bay Willi, der die Schreinerei weiter führte [Ramminger Str. 1]. Die Toni [Settele] war früher in der Fabrik im Büro. Lori [Settele] heiratete den Hintner Hans. Die Lori starb bei einem Gewitter bei Dörings Stadel. Kuni [Settele] war mit dem Laub Ludwig so gut wie verlobt, der aber auch gefallen ist. Sie heiratete dann den Eimansberger Franz. Heute bewirtschaftet ein Enkel [Robert Hintner] von der Loni den Hof.

Gegenüber war der Dax Josef [Tussenhauser str. 9], eine kleine Landwirtschaft. Seine erste Frau, die Julie, ist sehr früh gestorben. Er heiratete wieder, die Rosina aus dem Donaumoos. Die Kinder Babett und Anni heirateten nach Oberbeuren. Der Sepp war Käser. Der Toni, der Jüngste, hat ausgesiedelt an den Keltenweg. Die Rosa heiratete den Schönacher Franz. Er war damals beim Döring Knecht. Das Haus wurde abgebrochen. Der Dax war ein guter Nachbar. Er war immer hilfsbereit beim Kuhkälbern und wenn man etwas entlehnt hat.

Daneben [Rosenstr. 1] war Mahlers Garten mit dem alten Haus vom Lui Vetter und der Marabäs [Base Maria] (Ludwig Mahler u. Maria hatten eine große Krippe). Die letzten Bewohner der uralten Hauses[128], war der Rauner mit seiner Mutter. Dann wurde es dem Verfall Preis gegeben und nur noch von den Hühnern der Mahler Julie bewohnt. Für uns Kinder war das Haus so eine Art Rocky-Docky. Wir hatten von unseren Eltern strengstes Verbot das Haus zu betreten, weil in der Stube bereits die Decke herunter kam. Aber wir schlichen immer wieder hinein, stöberten in den alten Truhen und Kästen. Dann hat man es eingerissen mit drei Schreibgeschirren (das sind Winden, die man an der Rückseite des Hauses austellte und vorne spannte man unsere schweren Kaltblutrösser an das von Ketten umspannte Gemäuer und ein Ruck von Technik und Tier brachte das Haus zum Einsturz.

Der Mahler verkaufte dann den Garten an die Witwe Landherr. Die baute darauf ein neues landw. Anwesen. Die Kriegers-Witwe trieb mit ihrer Vero [Veronika] das kleine Anwesen um. Drei Söhne und eine Tochter waren da. Der Josef [Landherr] fiel in jungen Jahren vom Birnbaum und verlor dabei einen Arm. Er fand bei der Sparkasse eine Anstellung. Zuletzt war er in Mindelheim. Der Xaver ist gefallen. Der Otto war Bäcker beim Lupp und beim Engelbäck in Mindelheim. Nachdem der Xaver gefallen war übernahm er das Höfle. Seine Frau stammt aus Amberg.

Ober [südlich von] uns war das Pfründehaus vom Motzet [Rosenstr. 6]. Die alte Frau Motzet war eine liebe Frau. Es war die zweite Frau. Die erste stammte aus der Webermühle. Sie ertränkte sich in der hofeigenen Brunnenzisterne. Die Kinder: Hans, Martin und Josef, Martha und Peppi. Der Hans übernahm den Hof. Seine Frau war von Unggenried. Der Martl und der Josef blieben als Knechte auf dem Hof. Einer heiratete nach Heimenegg.

---

[128] Von diesem „unalten Haus" gibt es ein Foto in Patricia Hintner: Die Geschichte von Türkheim – Hausnahmen und Häusergeschichte, Türkheim 1992, S. 16

Seinen Namen weiß ich nicht mehr. Von der zweiten Frau war der Xaver. Der war Metzger. Der heiratete die Berta vom Maurermeister Müller. Er war eine Weile Sonnenwirt. Dann handelte er mit Seegras. Der Luis ging nach Amerika. Die Resi war Bedienung in Wörishofen. Für 20 Pfennig hab ich ihr das Fahrrad geputzt. Von ihr bekam ich die erste Schachtel Pralinen. Sie heiratet den Waldmann Ludwig. Ich weiß noch, wie sie mit einem Bus zur Trauung nach St. Ottilien fuhren. Der Bauer hatte nur eine Tochter, die Luise. Sie blieb ledig. Die Ökonomiegebäude [in der Tussenhauser Str. 14] brannten ab. Geerbt hat alles ein Verwandter ihrer Mutter. Die Türkheimer Verwandten erbten keinen Pfennig.

Das nächste Haus [Rosenstr. 8] war die Müller-Bäs [Base], eine Ledige. Sie war in Ettringen beim „Seitzabauern daheim". Der Russen-Luis wohnt lange Zeit bei ihr.

Dann war das nächste [Rosenstr. 10] die alte Frau Schauer. Ich weiß sie nie anderst als mit einem dunklen Verband oder Wolltuch um die Stirn, wegen ihrer Dauermigräne. Das ganze Haus roch nach Medizin. Die kleine Kretzinger Anni, die dort eine Weile wohnte formulierte es so: „Bei der Frau Schauer, dau stenkts wia a Bock." Wenn bei uns mal vorübergehend ein Hamburger Zimmermann arbeitete, war er bei der Schauerin einquartiert. Einmal ging der Paul zum Fensterln zu unserer Magd. Wir schliefen nebenan und die Tür zwischen ihrem und unserem Zimmer war nicht ganz zu. Ich bin vor Angst schier gestorben und machte ganz leise die Türe zu. Am Tag darauf, beim Mittagessen, fiel mir das nächtliche Ereignis ein und ich platzte mit der Neuigkeit, dass heute Nacht bei der Senzi einer eingebrochen ist, heraus. Ich konnte nicht verstehen, warum alle so herzlich lachten und die Senzi mit hochrotem Kopf hinaus lief

Gegenüber war der Roiser [Rosenstr. 5]. Seine Frau, die Josefa, war von Gammenried. Zwei Söhne waren da, der Max und der Naz [Ignaz]. Beim Landherr und beim Roiser wurde im Herbst mit dem Göppel gedroschen. Die Ochsen oder Pferde mussten den ganzen Tag an der langen Deichselstange im Kreis herum laufen. Die Buben mussten sie antreiben. Von der Säule mit Riemenscheibe und Riemen war die Antriebskraft zum Stiften im Stadel. Der alte Roiser war ein schwieriger Mann. Der Max übernahm das Anwesen nach dem Tod seines Vaters. Der Naz war ebenfalls sehr schwierig; war auch im Nervenkrankenhaus in Kaufbeuren. Er steckte unsere Scheune in Brand Der arme Teufel war nicht recht im Kopf.

Das nächste Haus [Rosenstr. 7] war beim Glaser Roch; da war die Lena; der Glaser Willi; war ein körperlicher und geistiger Krüppel; konnte nicht viel machen. Sein Bruder der Postbote bewohnte mit seiner Frau das kleine lange Haus beim Torbogen [Wörishofer Str. 2]. Ein Neffe übernahm das kleine Höfle. Er heiratet die Dempf Resi. Sie hatten drei Söhne.

Wo heute die Bäckerei Lupp steht [Bahnhofstr. 6], da war ein kleines Häuschen. Die Schlauder Marie war allein. Sie hatte einen schönen Blumengarten. Bei ihr bettelten wir immer Blumen für den Kräuterbuschen. Der Neumaier [Elektrogeschäft] hat in diesem Haus in Türkheim angefangen. Er kam damals von Mittelneufnach her. Ich musste damals öftermal Sicherungen oder Glühbirnen holen.

Gegenüber war der Schneider Götzfried [Bahnhofstr. 7] und im Hinterhaus der Hefele Luis und sein alter Vater. Beim Götzfried waren der Franz, der Hans, die Fini, die Toni, die Hanni, die Erika und der Toni. Beim Hefele waren ein Sohn, der Luis, die Toni und die Anni. Alle sind weggezogen. Der Luis heiratet die jüngste der Eisenlohrmädchen.

Gegenüber, beim Guntner August [Bahnhofstr. 5], waren drei Mädchen und ein Sohn. Der Guntner war Buchbinder und führte einen Laden mit Bildchen, Schreibwaren, Lederwaren, Besteck, Geschenkartikl und Rauchwaren. Das Haus hatte ein Blechflachdach. Mein Vater baute noch vor dem Krieg das Haus um und setzte einen steilen Satteldachstuhl darauf. Ich musste damals beim Plattenauflegen die Platten, auf der Leiter stehend, immer nach oben weiter reichen. Die Nanna [Anna] ist ledig geblieben, die Älteste ebenfalls. Maria heiratet den Schlürf von der Sparkasse und zog weg.

Im nächsten Haus [Rosenstr. 9] wohnte einest der Himer Schuster. Der Luis heiratet die Merz Hild aus Berg. Der Hof [in Berg, Weilerstr. 7] wurde an die Baumanns verkauft, heute Degle. Die Waldungen übernahm der Himer. Wahrscheinlich von dem Geld aus dem Verkauf des Anwesens in Berg baute der Himer an der Bahnhofstrasse das erste Haus mit Schuhladen und Schusterei. Drei Söhne des Luis waren Schuster und Musiker mit Leib und Seele. Der Sepp war auf der Sparkasse. Er heiratete die Elsa vom Buchdrucker Huber. Sie lebten in Wasserburg. Der Hans war Koch. Er und sein Bruder Luis sind im Krieg gefallen. Die Himers stellten auch die Tanzkapelle bei Bällen. Der Schleifer Max jun. spielte Klavier, der Senior Himer Geige, der Junior Akkordeon. Der war auch bei der Kurmusik in Wörishofen. Der Vater leitete auch den Kirchenchor [in Türkhei m]. Die Tochter Anna heiratete den Bachtaler Sepp von der Krankenkasse. Im alten Haus blieben die beiden ledigen Schwestern Burgi und Hanni. Sie waren Schneiderinnen und bildeten viele Lehrmädchen aus. Sie waren auch für Mutters und unsere Gaderobe da.

Dann kam das Pfründehaus vom Lutzenberger [Rosenstr. 11]. Er war Maurer, sein Sohn ebenfalls. Der ist auch im Krieg gefallen. Seine drei Schwestern: die Veronika heiratete weg und ihre Tochter Luise blieb bei der Oma und heiratete den Rehle Hans, die Marie heiratet einen Berger Seitz, die Resi den Hacker Willi.

Beim Satzger (Dorawat) [Ludwig-Aurbacher-Str. 6] waren fünf Mädchen. Die Lena heiratet nach Ettringen. Die Viki nach Tussenhausen. Müller u. Tauber blieben hier. Die Resi ging ins Kloster.

Ober [südlich] dem Götzfried war der alte Weißbäck [Theodor Weiß] [Rosenstr. 12]. Der verstarb sehr früh. Eine Tochter, die Hanni war da. Die Witwe heiratet dann den Lupp. Auch eine Landwirtschaft war dabei und ein großer Garten, der bis zur Hochstraße reichte. Aus dieser Ehe gingen hervor die Maria, die heiratete einen Bahnbeamten. Die Anni, die heiratete den Hammer Gottlieb von der Fabrik. Die Minna blieb ledig und übernahm mit dem August im neu erbauten Geschäftshaus [Bahnhofstr. 6] auf dem Grundstück der Schlauder Marie eine Konditorei und Caffee, der Albert in selben Haus eine Bäckerei. Seine Frau stammte aus einer Mühle. Ihre Kinder, der Albert wurde Pfarrer, Marianne verheiratete sich mit Willi Deppler. Der Karl und der Theodor blieben im Krieg.

Das nächste Haus gehörte zur Brauerei Rose. Es wurde jahrelang vom alten Spitzer und seiner Frau bewohnt. Die beiden fuhren mit einem Handwägele täglich die Zeitung aus. In früherer Zeit betrieben sie den Hartkeller, der ebenfalls zur Brauerei gehörte. Sein einziger Sohn war Friseur. Er heiratet die Probst Maria. Sie betrieben den Friseurladen im Kirchenareal [Augsburgerstr. 2]. Maria verstarb früh. Er heiratete nochmal. Er war auch ein excellenter Theaterspieler. Später wurde das Haus mit der Wirtschaft zusammengebaut.

Die Rosenbrauerei: Die Besitzer vor den Fendts waren Ludwig und Maria Steichele. Beide waren von Schwabmühlhausen, wo auch meine Mutter und Tante Walli her waren. Der Steichele und seine Frau waren blutsverwandte Cousinen. Vielleicht war das der Grund, dass diese Ehe bald zerbrach. Der Steichele baute am Ende seines Gartens gegenüber des neu erbauten kleinen Bahnhofs der Lokalbahn Türkheim Bh. – Gessertshausen eine Bahnhofrestauration [Rosenauweg 7], ich glaube 1912. Es war ein wunderschöner Jugendstilbau. Mein Vater und sein Vater, der damals noch lebte, machten den interessanten Dachstuhl mit seinen Türmchen, Brüstungen und Fachwerken. Der Steichele verkaufte die Rosenbrauerei bis auf zwei Bauplätze (Schwesternheim [Ludwig-Aurbacher-Str. 19] und Ecke Hochstraße [Hochstr. 3]) an den Braumeister Isidor Fendt, der die Brauerei weiter betrieb. Mein Schulweg führte mich täglich vorbei, da war immer was los. Wenn Bier gesotten wurde roch der ganze Flecken nach dem Malzgebräu. Einmal im Jahr wurden die ganzen Fässer neu ausgepicht, mit erhitztem Harz. Das roch auch gut. Der Schäffler Filser machte das immer. Im Winter wurde gegenüber dem Eiskeller ein riesiger Eisgalgen errichtet.[129] Wenn es sehr kalt war, wurde er mit Wasserneben besprüht, einige Tage lang. Wenn das Eis bis auf den Boden reichte, wurden die großen Eiszapfen abgeschlagen, zerkleinert, zum Eisaufzug gefahren, der sehr hoch war, an zwei Ketten, die in Zahnrädern liefen, waren lauter Schüsselchen befestigt, die transportierten das Eis bis zum oberen Loch des Eiskellers, der auch sehr hoch war und kippten das Eis da hinein. Die Ketten und das Eis erzeugten einen großen Krach, den man in ganz Türkheim hörte. Es war so oft der Fall, bis der Eiskeller bis oben hin voll war. Der Fendt hatte auch die Wasserreserve auf dem Berg zu beaufsichtigen.[130] Leider ist er sehr früh gestorben. Seine Kinder und seine Witwe machten weiter mit einem alten Onkel, der auch Braumeister war. Da war die Anni, die Älteste, die Maria, sie kochte mit der Tante. Die ganzen Beamten und Lehrer aßen ganz billig immer in der Küche. Zur Brotzeit stand der ganze Gang oft voll mit lauter

---

[129] Eisgalgen in Türkheim – Türkheimer Heimatblatt, H. 9
[130] Wasserversorgung in Türkheim - Türkheimer Heimatblatt Nr. 22

Bierholern. Bis von der Wertach herein sind sie gekommen. Alle mit den bauchigen Emailkrügen, wo man statt eines halben, drei Schoppen bekam. Es wurde nie hinein gemessen. Was sind wir Kinder zwischen vier und sechs [Jahren] hin und her gelaufen oder gefahren, mit den Bierkrügen. An einem Samstag holte ich für Vater Bier mit einem schönen Krug mit Zinndeckel und einer Eichel zum Öffnen. Da kam mir plötzlich eine Radlerin, eine der Töchter vom Apotheker Maier im Zickzack-Kurs entgegen. Sie lernte das Radfahren. Sie fuhr mich nieder. Die Eichel des Deckels verletzte mich an der Stirn. Ich blutete sehr. Sie trugen mich zum alten Lupp hinein und anschließend zum Dr. Wolf, der im Schleiferhaus [Maximilian-Philipp-Str. 16] wohnte. Die Wunde wurde genäht und ein großes Geldstück darauf gebunden. Die Narbe hab ich heute noch. Die Resi Fendt war so alt wie ich. Wir tauschten immer unsere Pausenbrote. Ich bekam ihre Breze, sie aß meinen Apfel. Sie heiratete ins Rheinland. Maria [heiratete] den Schwemmer von der Sparkasse. Der Isidor, der jüngste, war ein labiles Kind. Frau Fendt war eine zu gute Frau und wurde auch von vielen ausgenützt und geriet fast in finanzielle Schwierigkeiten. Über den Direktor Seile von der Brauerei Memmingen kam der Max Ludwig als Brauer hierher. Der Isidor kam in eine Lehre auswärts, wo er auch blieb. Der Ludwig Max heiratete die Anni und mit einem Schlag wurde eine härtere Gangart propagiert. Die Gassenschenke wurde sofort aufgegeben. Er brachte wieder Leben in die Bude, baute immer wieder dran und drauf, hatte zwei Söhne und eine Tochter.

Die Steicheles betrieben die Rosenau. Es war [im ersten Stock] ein schöner Saal mit Bühne da; unten zwei Gaststuben. Die Sensation von damals war ein elektrisches Klavier. Wenn man Geld einwarf ertönte „Lappaloma" von Kupferwalzenbändern erzeugt. Eines Tages war es verschwunden. Die Kinder des Steichele Ludwig, der Rochus und die Lena waren ohne jeglichen Ehrgeiz und

Pepp. Die Ehe war auch nicht die beste. So kam es, dass eines Tages der Steichele mit einer Bedienung durchbrannte nach Amerika. Zwölf Jahre war er verschollen. Seine Frau führte die Wirtschaft so schlecht und recht weiter. Der Saal war ihr Kapital. Da wurde Theater gespielt und Bälle und dergleichen abgehalten. Einige Wochen vor dem Termin, an dem der Steichele sein Eigentumsrecht verloren hätte, tauchte er plötzlich wieder auf und alles glaubte, er bliebe jetzt hier. Im Herbst verkaufte er den Bauplatz, wo das Schwesternheim gebaut wurde und verkaufte die Ochsen und verschwand mit dem Geld auf nimmer Wiedersehen. Der Rochus fiel im Krieg. Nachdem der Ludwig und die alte Frau Steichele verstorben waren, machte die Lena den Laden dicht. Nach ihrem Tod dämmerte das einst so schöne Gebäude an dem man seit der Erbauung keinen Pinselstrich und keinerlei Pflege gemacht hat, so vor sich hin, bis sich die Erben für einen Abbruch entschieden. Mir blutete das Herz, beim Anblick der Zerstörung eines Hauses, das nicht einmal 80 Jahre alt war, ein Jahr älter als das Haus vom Wilhelm an der Ecke zur Bahnhofstrasse [Bahnhofstr. 17].

Weiter in der Rosenstraße das Haus von der Witwe Wittmann [Ludwig-Aurbacher-Str. 8]. Ihr Mann kam durch Starkstrom ums Leben. Er war, glaube ich, bei den Lechwerken. Sie und ihre Schwester betrieben ein Restegeschäft. Sie hatte vier Söhne: den Hans, der zog weg, den Sepp, der heiratete die Merk Lucie, den (unleserlich), der ist im Krieg gefallen und den Lenz, der lebte in Mindelheim. Nach dem Tod der beiden Alten wurde das Haus [an Wilhelm Scheidler] verkauft.

Vor der Brauerei war der alten Burgerin ihr Haus, das wurde weggerissen.

Das nächste war der Gebler Wagner [Ludwig-Aurbacher-Str. 9]. Mein Vater kaufte den Garten, der bis zur Hochstrasse ging und legte zwischen den beiden Häusern eine Straße an, an der die Häuser Döring [Ludwig-Aurbacher-Str. 11] und Neumaier [Ludwig-Aurbacher-Str. 13] lagen. Den nächsten Platz [Ludwig-Aurbacher-Str. 15] behielt er für sich, der Prestele Ludwig [Ludwig-Aurbacher-Str. 17] und Doktor Weidner {Ludwig-Aurbacher-Str. 19] bebauten. So entstand die Ludwig-Aurbacher-Straße. Der Gebler Wagner verstarb sehr jung und die Wagnerei ging ein.

Der nächste war der Schlosser Geiger [Rosenstr. 16]. Nach dem Tod seiner ersten Frau, von der die Tochter Peppi da war, heiratete er wieder und hatte mit der zweiten Frau vier Töchter und einen Sohn.

Die Frau Backer bewohnte das nächste Häuschen [Rosenstr. 18] - eine Privatiere.

Anfangs der 30er Jahre baute der Tierarzt Pfülb das nächste Haus [Rosenstr. 20]. Da war nur eine Tochter da, die aber nicht ganz normal war.

Dann kam das Azetylenhaus. Hier wurde das Azetylen für die Straßenbeleuchtung in den Häusern erzeugt.[131] Nachdem die Lechwerke Türkheim mit Strom versorgten, wurde es abgebrochen. Mein Vater kaufte das Grundstück und baute für sich ein Wohnhaus mit drei Wohnungen [Rosenstr. 22]. Später überließ er es seinem Bruder Josef, der bei uns Zimmererpolier war. Seine Frau war Hebamme.[132]

Der Stadel vom Schwarzenbacher war der nächste. Da baute der Schwarzenbacher ein Häuschen [Rosenstr. 24] dazu nachdem er sein Anwesen (heute Strobel) verkauft hatte. Hier betrieb er den Seegrashandel. Da wurde es gesponnen. Seine Frau musste das Spinngerät drehen. Er spann das Gras

---

[131] Alois Epple, Türkheim in unserem Jahrhundert, Türkheim 1990, S. 90; Alois Epple: Türkheim im 20. Jahrhundert, Türkheim 2005, S. 67

[132] Türkheimer Heimatblatt Nr. 85

zu Zöpfen. Eine Hühnerzucht mit Brutapparat wurde auch betrieben. Die Resi heiratet den Zerle Bernhart. Wurde aber wieder geschieden und zog weg. Der Hans war in Augsburg, der Sepp lebte viele Jahre in Kirchheim, der Michel zog fort, nur der Bastl bewohnt noch das Haus.

Das nächste war der Stadel vom Müller Lorenz [Rosenstr. 26]. Da baute man ebenfalls ein Haus dazu .

Das Häuschen am Eck baute der Bruder von Mairle Kosmas [Rosenstr. 28]. Seine Frau war eine Schwester vom Müller Lorenz.

Das große Haus gegenüber baute ein gewisser Danafski [Altbürgermeister-Wiedemann-Str. 3]. Was er war, weiß ich nicht mehr. Ein Pensionist. Er hatte eine Menge Ziegen. Meine Mutter holte für meine Schwestern die etwas schwächlich war die Ziegenmilch der man Heilkraft nachsagte. Später hat das Haus mehrmals seinen Besitzer gewechselt. Heute ist es der Kindergarten St. Joseph.

Die Strasse vom Satzger bis zum Lipp [Ludwig-Aurbacher-Str.] ging ich täglich zur Schule. Die Gebäude rechts gehörten einmal zum Schlossareal. Nach und nach gingen sie in Privatbesitz über. Das erste gegenüber vom Satzger kaufte ein Bauer aus Zaisertshofen [Ludwig-Aurbacherstr. 7] und hatte viel Mieter im Laufe der Jahre.

Der Bauer Vikari [Ludwig-Aurbacher-Str. 3] betrieb eine Landwirtschaft. Die Söhne: der Fritz heiratete des Maurer Müller Julie, einer war Beamter (ich glaube er heiratete die Natterer Berta), einer heiratete fort. Die Mädchen, drei an der Zahl: eine heiratete nach Mindelheimt, verstarb sehr früh. Eine war in Kaufbeuren in der Anstalt, die Marie Schneiderin, und noch ein Bruder war Kaminkehrer. Er baute das vordere Haus drauf und um. Eine Tochter, die Hildegard, war etwas körperbehindert, aber eine gute

Modistin mit großem Schick. Ich erinnere mich noch oft an die Hutmode der damaligen Zeit. Das waren Gebilde aus feinem Stroh oder Filz mit Straußenfeder, kunstvoll dekoriert. Mein erstes Hütchen von ihr war eine Kübelleform aus feinstem Panamstroh mit gemalten ganz kleinen Blümchen hellblau, es war ein Modellhütlein auf das ich sehr stolz war.

Die Rauch Geschwister hatten den nächsten Abschnitt [Ludwig-Aurbacher.Str. 1]: Die Mathilde war meine Klavierlehrerin und kam ins Haus. Sie war in damaliger Zeit schon ein Sprachgenie. Ihr Bruder wurde im ersten Weltkrieg verschüttet und hatte eine Silberplatte auf der Stirn und war manchmal etwas verwirrt.

Den Rest der einstigen Stallungen und Gesindewohnungen kaufte dann der Sting [Maximilian-Philipp-Str. 28]. Er was früher mal bei Salamander und fing in dem Gebäude mit seiner Frau die eine Schwester von der Henslerschmiede war eine große Schuhladen an, der einen großen Zulauf hatte. Der einzige Sohn fiel im Krieg und das Geschäft wurde verkauft.

Die Käserei Lipp, das Geburtshaus von Aurbacher, hatte zum Satzger hin Schweineställe [Maximilian-Philipp-Str. 26]. Das anfallende Käswasser wurde den Schweinen verfüttert. Die ganze Straße musste mit dem Geruch, den diese Ställe verursachten, leben. Ich hab ihn heute noch in der Nase. Beim Lipp waren es zwei Mädchen und drei Buben. Die Älteste Amalie starb in jungen Jahren. Die Resi heiratet den Kümmel und betrieb später in der aufgelassenen Käserei eine Wäscherei und Mangelstube. Der Albert betrieb mit seiner Frau Resi, mit der ich viel Theater gespielt habe, den Kronenkeller. Die beiden Zwillingen Eduard und Ferdinand waren rechte Lausbuben. Man konnte sie nicht unterscheiden, nicht einmal der Vater. Wenn sie etwas ausgefressen hatten fragte der alte Lipp: „Bist du der Edi

124

oder der Ferdl?" Einmal machten sie einen Böller und brachten ihn bei der Kiesgrube zur Explosion. Das wäre beinahe eine Katastrophe geworden. Keine Haare hatten sie mehr auf dem Kopf. Die Augenbrauen weggebrannt. Der Eimansberger Franz war auch mit von der Partie. Sie sahen aus wie zwei Neger.

Die Zwillinge Eduard und Ferdinand Lipp, um 1917

Im Amtsgericht [heute Rathaus] wohnten außerhalb der Gerichtsräume die Amtsrichter Gessler und Bolz und im Notariat der Notar Wagner mit seiner Wirtschafterin Fr. Minna. Er heiratete nicht wegen seines Sprachfehlers. Das

Gebäude im Westen [Maximilian-Philipp-Str. 30] beherbergte die Polizei und Polizistenwohnungen neben dem Finanzamt. Beide Ämter sind nach Mindelheim abgezogen worden.[133]

Der Schlossgarten war für uns Kinder hinter seinen Mauern so etwas wie Hoheitsgebiet mit einem Hauch von Schlossnostalgie. Niemand hatte da Zutritt außer die Schloss-Bewohner.

Die Apotheke [Wörishofer Str. 4] betrieb damals der Apotheker Maier. Der hatte drei Töchter. Er verkaufte die Apotheke an die Wimmers. Die verkauften wieder, nachdem ihr einziger Sohn Paul an Blinddarm gestorben war an Dettendorfer und den Garten an den Vikari und der baute ein Haus hinein [Altbürgermeister- Wiedemann-Str. 1]. Es gehört heute seiner Nichte.

Das nächste Haus [Wörishofer Str. 6] gehörte dem Vikari Fritz mit seiner Frau Julie, eine geborene Maurer Müller (mit ihrer Mutter) sie hatten einen Sohn, ebenfalls Fritz. Ist auch früh verstorben.

Dann kam das Haus [Wörishofer Str. 8] vom alten Bürgermeister Josef Wiedemann. Er war der Kronenwirt, überließ aber die Wirtschaft seinem Bruder Karl und seiner Frau Katharina. Der Bürgermeister zog als Privatie in besagtes Haus. Seine Frau war eine geborene Hartung aus Berg. Sie hatten eine Tochter. Die heiratete den Professor Drexel aus Tussenhausen. Die hatten ebenfalls eine Tochter, die Malerin Traudl Drexel. Die hat ihren Großvater porträtiert wie er leibt und lebt. Er war für mich die höchste Respektsperson im Ort. Seine beiden Schwestern die Marie

---

[133] In Türkheim gab es ein Finanzamt bis 1929, eine Polizeistation bis 1960 und ein Amtsgericht bis 1969.

heiratete den Drexel, Bahnhofvorstand, die Frieda den Prestele Ludwig. Die erste Frau war im Zollhaus daheim.[134]

---

[134] Zur Geschichte der Familie Wiedemann vgl. Türkheimer Heimatblatt Nr. 89

Entlang der Hauptstraße

Das Schleiferhaus

Eines der interessantesten Häuser der Hauptsraße ist wohl das Schleiferhaus neben dem Rathaus Maximilian-Philipp-Str. 16]. Seit meiner Kindheit ist mir dieses Haus vertraut. Ich kannte alle seine Bewohner bis in die heutige Zeit.

Das Schleiferhaus um 1950

Der Besitzer, der Schleifer Max, war ein Türkheimer Original im wahrsten Sinn des Wortes. Ein schrulliges Männchen, fast drollig, mit dem Watschelgang einer Ente. Dies ist nicht übertrieben! Eine Wollmütze auf dem Kopf und eine grüne Glaserschürze vorgebunden. Ein gutmütiges Gesicht, Lebensweisheit in seinem Reden und Tun, das war das Markenzeichen des Glasermeisters und Zinngießers Max Schleifer. Sein Spitzname, bekannt bei Alt und Jung, war: „Die neue Sendung", denn alles was bei ihm zu kaufen war, war nach seinen Angaben eine neue Sendung, was aber nicht immer stimmte. Seine Frau war ebenfalls sehr klein.

128

Ich habe sie nie im Sonntagsgewand gesehen. Sie war ein echtes Hausmütterchen: unscheinbar und bieder. Ihre Lebensweise war sehr einfach: vegetarische Kost, keinerlei Umgang mit anderen Familien. Ihre Kinder: Der Max war Vollblutmusiker, hatte aber keine Freude an Vaters Geschäft. Mit einer Theatertruppe, die eine zeitlang in Türkheim gastierte, zog er einige Jahre als Musiker durch die Lande. Die Tochter Rosa war Lehrerin bei den Buben in der Knabenschule. Von den Lausbuben bekam sie, wegen ihrer strammen Waden, den Spitznamen Wadenrosl. Die Mari war teils zu Hause, teils in Wörishofen beschäftigt.

Der Laden der Schleifers war einfach einmalig. Es gab da fast alles. Es roch nach Bismarckhering, Petroleum, Steinhäger [Schnapps], zugleich nach Kaffee, Zucker, Schuhcreme, Seife, Essig, Öl, Bremsenöl, Schnupftabak, Nägel, Schrauben, Scharniere – alles offen. Auch ein Stamperl Schnaps konnte man kriegen, Peitschen, Spazierstöcke, Glaswaren, Porzellan, Service [Essgeschirr] und ganz besonders schöne Krüge, keinen Kitsch, die er auf Wunsch im Deckel eigenhändig mit Widmungen gravierte. Der Laden war eine Fundgrube für Sammler schöner Dinge. Nur die Leckerle, die wir Kinder beim Einkauf von ihm bekamen, waren meistens schon steinhart. An den alten Lebkuchenbusserl konnte man sich schon manchmal einen Zahn ausbeißen. Aber sonst war der Max eine Seele von einem Mann. Auf der Nordseite zum Rathaus war ein Anbau, ein Stock niedriger. Der beherbergte einen Teil des Ladens, den Gang und hinten die Glaserwerkstatt. Viele male bin ich beim Max in der Werkstatt gestanden. Wenn bei uns ein Fester zu Bruch ging und Vater mich dort hin schickte, musste ich immer gleich darauf warten, bis es wieder neu eingeglast war. Nebenbei hab ich das ganze Lager inspiziert. Da war das Glas, der Geruch von Glaserkitt. An der Decke die Bilder Spiegelglas usw. Alles in schönstem Durcheinander. Nun zum Haus selbst: Die

Einteilung der Stockwerke war kurios. Das Erdgeschoß lag tiefer wie die Straße. Da ging es eine Stufe hinunter in den Laden und es war sehr niedrig. Das Küchenfenster auf der Nordseite war einen halben Meter vom Boden weg und die hintere Tür zur Glaserei lag auch zwei Stufen tiefer. Auf der Südseite nahm ein großes Stiegenhaus in der Mitte den meisten Platz ein. Den ersten Stock bewohnte der Tierarzt D. Pfülb, bis der dann an der Rosenstraße [20] selber baute, dann der Dr. Wolf. Im zweiten Stock wohnte der Notarsekretär Geiger. Darüber war noch ein Kniestock mit 1 m der total ungenutzt war. Nachdem die alten Schleifers verstarben, übernahm der Max das Geschäft. Aber er war kein Geschäftsmann wie sein Vater und verkaufte das Haus an seinen Nachbarn Dr. Lotze, der bereits das Haus vom Bahnverwalter Böck (Reim) [Bahnhofstr. 2] erworben hatte. Dr. Lotze baute das Haus total um. Eigentlich ist vom Schleiferhaus nur noch der Hut (das Dach) alt. Die Firma Emil und Eugen Maier, Ettringen, erbrachte bei dem Umbau eine wahre Meisterleistung. In vier Abschnitten wurde das Haus von unten her erneuert. Je ein Viertel des Hauses, buchstäblich herausgebrochen, der Dachstuhl mit starken Rundholzstämmen aufgebolzt, das Viertel unterkellert, die Decken neu eingeteilt, so dass auch das Erdgeschoss erhöht wurde. Das Stiegenhaus wurde herausgenommen und an der Westseite dran gebaut. So entstand ein schönes, neuzeitliches Gebäude, wie es sich in seiner heutigen Form präsentiert.

Im Vorgarten hatte man damals ein Kiosk aus Holz erstellt[135]. Die eine Seite war Eisdiele von Frau Schedler, die andere war ein Obst- und Gemüseladen von Prestele, heute ist es ein Parkplatz für das Schleiferhaus. Ich habe damals den Umbau des Hauses mit großem Interesse verfolgt, weil ich da doch erblich belastet bin, als Baumeisterstochter. Ich

---

[135] Nordecke Maximilian-Philipp-Str. / Bahnhofstraße

freue mich, wenn ich vorbei gehe - heute noch, über die Rettung dieses ehrwürdigen Hauses, das auch ein Teil von Türkheims Vergangenheit ist. Ein jedes altes Haus hat seine eigene Geschichte.

Das Baderhaus

Das Baderhaus [Maximilian-Philipp-Str. 1] gegenüber, war auch ein alteingesessenes Geschäft mit einer breiten Angebotspalette: Lebensmittel, aber unverpackt, Mehl, Zucker, Salz, Öl und dergleichen, Seilerwaren, Peitschen, Kälberstricke, meine größte Aufmerksamkeit galt aber den wunderschönen Puppen in jeder Größe und Preislage, Schaukelpferde, Pferdchen mit Wagen, Teddybären, Spielzeug in Blech, Schlitten, „Mensch ärgere Dich nicht" und vieles mehr. Wenn bei einer Kautschukpuppe ein Glied kaputt ging, wurde ihr hier eine neues eingesetzt; zur Adventszeit Christbaumschmuck, Krippenfiguren, Krippenställe; Kerzen zur Kommunion; Gedenktäfelchen; alle möglichen Arten von Fetten und Salben, die erlesensten Weine und Spirituosen; im Drogerieteil Kämme, Bürsten, Tees und Tinkturen wie Essigsäure, Tonerde, Franzbranntwein und noch vieles mehr. An bestimmten Tagen im Jahr war auch die Weinstube geöffnet: Kommunion und Firmung. Nach dem Krieg wurde der Laden total umgebaut. Die Baders waren der Gemeinde sehr verbunden. Der Großvater verfasste das erste Türkheimer Gedicht[136]. Weil die Töchter vom letzten Adolf Bader weg heirateten, verkaufte er das Haus und zog nach Wörishofen. Der neue Besitzer Neumaier baute es total um und vermietete es

---

[136] Dieses Gedicht steht im Büchlein: Adolf Bader: Türkheim und seine Umgebung, Türkheim 1902

Landherr

Gegenüber vom Schloss war damals schon das Eisenwarengeschäft Anton Landherr, vormals Adorno. Ich kannte ihn noch. Er züchtete so nebenbei Kanarienvögel und ich kann mich noch an Ausstellungen beim [Gasthaus] Bäurle [Grabenstr. 1] erinnern. Sein Sohn Josef heiratete die Deubler Maria und übernahm das Geschäft. Dieser eröffnete in seinem erweiterten Laden, in dem die Post untergebracht war[137], nachdem ein neues Postgebäude gebaut wurde, ein Bernhard-Müller-Augsburg Lebensmittelgeschäft. Ich kann mich noch erinnern: 10 Pfund Gurken für 1 Mark. Solche Angebote waren keine Seltenheit. Der Landherr Josef war Geschäftsmann durch und durch. Er brachte mit seiner Frau Maria das Geschäft zu großem Ansehen. Sein einziger Sohn Egon übernahm das Geschäft. Er hatte zwei Kinder, den Sohn Armin und eine Tochter, die nach Stockheim heiratete. Der Senior Josef heiratete nach dem Tod seiner Frau die Irma Laub. An einem Sonntag Abend [19...]verunglückte der Egon mit seiner Rau auf der Fahrt nach Wörishofen tödlich.

1958. rechts: Josef und Egon Landherr

---

[137] Türkheimer Heimatblätter Nr. 71

Eimansberger

Der Eimansberger betrieb ein Textilgeschäft und nebenbei eine Landwirtschaft.[138] Seine Frau war eine geb. Rehle vom unteren Flecken. Mit seiner Landwirtschaft, die er sehr gut umtrieb, war er ein zahlungskräftiger Einkäufer, der seine Waren bar bezahlen konnte und deshalb auch günstiger einkaufte. Die Kinder Maria blieb ledig, Olga heiratete den Rieger, einen Heimatvertriebenen, der Franz die Settele Kuni. Ihre Kinder, der Franz und Maria betreiben jetzt die Geschäfte.[139]

Josef Sing

Gegenüber war der Sing Josef [Maximilian-Philipp-Str. 19].[140] Der war Sattlermeister. Seine beiden Söhne Josef und Karl traten in die Fußstapfen vom Vater. Der Karl heiratete die Döring Fanni, dem Josef seine Frau war aus Wiedergeltingen. Der Karl baute in der Bahnhofstrasse zu dem Müllerschen Baugeschäft ein Geschäftshaus [Bahnhofstr. 15]. Der Josef machte zu Hause weiter.

Ärzte in Apotheker

Die Ärzte in Türkheim waren der Dr. **Hegler** in der Oberjägerstrasse [Nr. 9]. Es war ein großer Besitz: Villa, Ställe und Scheunen. Ihn selbst ereilte der Tod am kleinen Bahnhof durch Herzschlag. Sein Sohn übernahm die Praxis. Die Tochter heiratete in die Eifel. Der Sohn fiel im II. Weltkrieg und hinterließ eine Witwe und drei Töchter. Diese

---

[138] Türkheimer Heimatblatt, Nr. 57/58

[139] 2014 schloss das Textilgeschäft Eimansberger.

[140] Türkheimer Heimatblätter Nr. 52/53

verkaufte den Besitz an die Gemeinde, die die Schulen darauf baute. Sie selbst zog wieder nach München.

Der Dr. **Söldner** war der Nachfolger von Dr. Noder und wohnte ebenfalls, wie sein Vorgänger, in dem langen Gebäude an der Hauptstrasse [Maximilian-Philipp-Str. 28.], das sich auch noch in die Aurbacherstrasse erstreckt, wo einst Stallungen und Bedienstetenwohnungen vom Schloss untergebracht waren. Besagter Dr. Söldner fuhr mit den Pferden noch zu seinen Patienten und hatte einen Kutscher. Seine Tochter wurde Raubtierärztin.

Nach seinem [Dr. Söldner] Tod kam Dr. **Weidner** und bezog seine Wohnung bis er später das Haus am Ende der Aurbacherstrasse [Nr. 19] baute. Der war Krankenhausarzt und hatte auch eine gutgehende Praxis und war ein guter Chirurg. Bei Kriegsausbruch wurde er Kriegsdienst-verpflichtet, kam nach Landsberg in ein Lazarett. Dr. Weidner nahm sich unrühmliches Ende. Er erschoss sich und seine Schwiegertochter, mit der er ein Verhältnis hatte.[141] Seine Witwe verkaufte das Haus und zog weg.

Da war dann noch der Dr. **Wolf** im Schleiferhaus [Maximilian-Philipp-Str. 16], 1. Stock, der aber auch verzogen ist.

Die Apotheke betrieb der Apotheker Maier. Er hatte drei Töchter. Der verkaufte an die Wimmers. Deren einziger Sohn Willi starb sehr jung. Dann ging die Apotheke in den Besitz der Dettendorfer über, die auch kinderlos waren. Nach dem Tod vom Apotheker verkaufte die Witwe an den Besitzer Hauth.

---

[141] Türkheimer Heimatblätter, Nr. 86, Thomas Groll (Hg.: Joseph Bernhart Briefwechsel mit dem Präsidenten der Industrie- und Handelskammer Augsburg Otto Vogel, Weißenhorn 2012, S. 17, 18

Wörishofer Straße

Die Anwohner der Wörishofer Straße waren oben der Anwander, man sagt heute noch die Anwander Mauer, da er um das Grundstück eine 2 ½ m hohe Mauer baute [Wörishofer Str. 24]. Es sollte noch eine Villa hinein gebaut werden. Die Pläne waren schon bei meinem Vater. Dazu kam es nicht mehr. Anwander wurde an der Schweizer Grenze von einem Grenzer erschossen, weil er einen Hund über die Grenze schmuggeln wollte. War es das wert? Seine Frau und sein Sohn verkauften an Pfarrer Mertl von Ettringen ein Stück vom Garten [Wörishofer Str. 26]. Dieser baute ein Haus hinein. Später erwarb Notar Eidloth den westlichen Platz und baute ein Haus. Er kaufte auch nach dem Tod des Pfarrers sein Haus dazu. Das vordere alte Häuschen kaufte der Pfafflinger vom Oberen Bahnhof. Es ist jetzt im Besitz seines Sohnes. Die Anwander Mauer ist in der Kurve mehrmals niedergemacht worden wegen der Übersicht an der Kurve.

Gegenüber baute der Fingerle die Autowerkstatt [Wörishofer Str. 17], Ende der zwanziger Jahre. Er betrieb auch ein Mietauto und hatte einen Sohn. Er verkaufte aus familiären Gründen und zog fort.

Da wäre noch das Haus von den Bernharts [Wörishofer Str. 10][142]. Joseph Bernhart, Ehrenbürger der Gemeinde. Sie wohnten anfänglich in der Sternstrasse [4], wo er [Joseph Bernhart] auch [1904] seine Primiz feierte.[143] Dann bauten sie das Haus an der Wörishoferstraße.

---

[142] Türkheimer Heimatblatt Nr. 89

[143] Eine Abbildung von der Aufstellung des Primizbaums in: Weitlauff, Manfred (Hg.): Joseph Bernhart – Erinnerungen, Weißenhorn 1992, Abb. S. 320/321.

Die beiden Klöster prägten das religiöse Leben in Türkheim. Die Dominikanerinnen betrieben die Mädchenschule samt Kindergarten, Nähschule, Musikunterricht, Singschule (Wörishofer Str. 3].

Die Kapuziner waren von Türkheim nicht wegzudenken. Sie teilten sich mit dem jeweiligen Pfarrer die Seelsorge, den Religionsunterricht in den Schulen. Die Sonntagspredigt in der Pfarrkirche hielt der Pater Prediger. Zum Beichten gingen die Türkheimer und die ganze Umgebung zu bestimmten Zeiten, wie's so der Brauch war, nur zu den Kapuzinern. Da standen die Beichtwilligen in Schlangen an den fünf Beichtstühlen. Einmal rechts, einmal links konnte man zur Tür hinein. Nachdem eine Frau den Beichtstuhl verlassen hatte, wischte schnell eine Frau, die noch nicht dran gewesen wäre, in den Beichtstuhl hinein. Da knurrte der Mann, der dran gewesen wäre: „Dia Saumatz". Pater Kasimir im Beichtstuhl hörte das, riss das Fenster auf und rief in die Kirche hinein: „Man geht nicht zum Beichten wenn's der Brauch ist, sondern wenn man's braucht." Was die Patres und Brüder zum Leben brauchten bettelten sie alles zusammen: Kartoffel, Getreide, Eier, Milch. Bei den Handwerkern bezahlten sie mit ihrem „Vergelt's Gott". Dafür gab es an der Pforte für Arme immer was zu essen. Wir Kinder gingen täglich zum Brot betteln nach der Schule zu den Kapuzinern. Das ganze Kirchenjahr wurde von den Kapuzinern mitgestaltet. Täglich waren drei bis vier Messen. Um sechs Uhr die erste, Sonntag um ½ 11 war der Kindergottesdienst (Schnappmesse).

Gedichte

Advent

Es fangt leis a zom schneibala,   s ischd wieder
Windr wora.
Dauhoim ischd als was gwachsa ischd, d'Kartoffl ,s'Obst
ond s'Kora.
Eisbloama send am Fenschdr dett,   om viera duads scha
donkla.
Am Simsa staut a Weihnachtsster, ,   s easchd Kezla duad
scha fonkla.
Durch's Haus dau ziad a feinr Duft,   von Zucker, Zimd
und Nussa.
Bald wead dr Niklaus klopfa a,   an eisrer Hausdür
dussa.
Em Kachlofa knistred s'Fuir,   em Rohr dond
d'Äpfel brauda.
Und d' Muadr feina Leibla bachd,   passt auf dass kois
verkrauded.
D'Großmuadr haud es Jüngst am Schoß, verzählt so schöana
Gschichdla.
Kinder höret gera zu,   haund ganz
verhitzda Gsichdla.
Dr Wend am Fensdrlada reist,   es fangt mea a zom
wea.
Em Stübla isch so wollig warm,   dau ka uns gar nix
gschecha.
O Elternhaus du sichrere Hort,   darin sind wir
geborgen.
Bleib mir erhalten alle Zeit,   wie heut, so auch
noch morgen.

Altersbeschwerden

O je, a so a Lumperei, mir laufd oft d'Galla über,
hausch gar koin Wert mea, auf der Welt, wenn d' siebzga
bischd und drüber.
Dass au amaul jung gwesa bischd, das laud koi Mensch mea
gelda,
zom alda Eisa kärschd hald jazd ond hausch nix mea zom
melda.
Lang leaba mechd a jeder Mensch, doch ald will koiner
wära,
des Alder, mei, des brengd haltd au, so mancherlei
Beschwerda.
Ma head id guad, ma siehd id recht, s'Gedächdnis duad oim
schwenda,
s' Zahnwerk ischd aus Porzellan, bis auf den Stomba hinda.
Dr Maga macht mir au Verdruss, der isch z'faul zom
vrdaua,
auf Gall isch au gar koi Verlass und s'Wasser duad sie staua.
Dr Darm, streikt au no ab ond zua, und will id funktioniera,
wenn'd id glei pfundweis Pilla frischd, kaschd nemma
existiera.
Im Winder duad der Reimateis in alla Knocha zwicka,
bischd id guad zuadeckt in dr Nachd, muaschd huschda
zum versticka.
Da Wadakrampf machd mi kaputt, Krampfaudra steched
glotzgat,
es Schmalz isch vrdrikned en da Glenk, dau sind d'Schanier
verrostet.
Wia haut mi früher s'Schffa gfraid, heid muas ma mi
naschupfa,
drweil krieschd no en Hexaschuss und kasch di nemma
bucka.
Ond wenn des alls em Doktor klagschd, dau duad der
höchstens lacha,
des send Alterserscheinunga, dau ka man nix mea macha.

Doch mi kriegde dia no lang id dra, i kämpf gega die Beschwerda
ond ischd mei Schönheit au verblasd ond koiner in mi verschossa,
em Herza bleib i ewig jong, und leb mit Fleiß zum Bossa.

Dr Glockabauer.

Der Glockabaur isch so a Ma,
Der's Jaumra, ganz besonders ka.
Er haut drzu jedoch koin Grond,
ist bumperl gsond und kugelrond,
haut gsonda Kend, a tüchtigs Weib
er lärmed blos zom Zeitvertreib.

Alls was er braucht, des kann er kaufa,
ka ohne Stecka, ganz gut laufa.
Er isst und trinkt blos was eam schmeckt
weil zweimaul isch scha's Geld verreckt.

Ond trotzdem, ist er all am Klaga.
Sei Frau, die muas des alls ertraga.
Der liegt er täglich in da Ohra:
„Was ischt blos aus der Jugend gwora?
Zu meiner Zeit hauts des it gea!
Mir send doch vielmehr bräver gwea."
Dia langa Haur, von seina Buaba,
dia brengat ean vollds aus da Fuaga.

Im Friahjaur gaut des Jaumra los:
„Was wead des Jaur mea brenga blos?
Wie's Wetter? Weat der Sommer schea?
Weads au gnua Hei ond Gromat gea?
Gend d'Küh gnua Milch? Wead koina verhext?"
Ma kennd scha auswendig sein Text.
„Ob's Koara geit, ond Kartoffel id z'kloi,

da Henna ihra Eier könntet größer sei!"
Selbst vor der Kirch machd er id halt:
„Heit wars dau denna mea saukalt!
Was haut der Pfarr mea alles gwellt?
Es gaut aheba blos ums Geld.
Blos alled opfra soll man dau,
wo ma id weiß, wo's nakommd nau!
Mir gaut's zur Zeit selber id guad!
I breichd scha lang en nuia Huad!
koi Hosa leit's mir armen Tropf!" -
Er opfred blos en Hosaknopf!

„Dr Weiza kost nix, Kartoffel send z'kloi
ond überhaupt, hammers no id dahoi.
I muas für mei Familie sorga,
ma weiß ja id, was sei ka morga!"

Em Haus rom, duad'r dauern motza,
beim Essa au - es ist zom kotza -:
Dia Supp ist z'heiß, des Fleisch scha ald,
dia Nudla send ja au viel z'kalt.
Ond bei der Brotzeit, schempfd'r, mid ihr
dia Löcher em Käs, send au nemmr wia friehr!"

Dau ischd seim Weib dr Kraga blatzd.
Sie haud eam pfeilgrad oina batzd:
„Mach dein Fraas in Zukunft sell,
i zia izd aus, gleich auf der Stell,
i ka die Zanna nema höra,
doa muaß ma ja stocknarret weara!"

Doch wia der head, dass s Weib will gau,
dau haut'r d'Schuaba falla lau.
„Ja Mari, dua mr des id a,
i ohna di id leaba ka."
"I däd ja ganz aloi rom hocka
ond wär däd stopfa meina Socka?

Wär däd mir denn mei Brilla butza?
Wer klaubat zem die Äpfelbutza?
Wer flickd des Loch em Hosasack?
Und wer holt mir mein Schnupftabak?
Wer gibt mir meina Kreislauftröpfla?
Wer sucht mir meine Kragaknöpfla?
Wer zählt mir dia Tabletta a
und ziacht mir aubeds d'Stiefel ra?
Wer brengd mir meina Hausschuh her,
schneid d'Zechanägl mit der Scher?
Em Sonntag däds koin Brauda gea
ond zum Kaffee koin Kuacha mea!
Am Werfdag gäbs koina gschupfta Nudla,
koi Voressa, koin Apflsstrudl!
Wer fangd dann en der Speis des Meisla?
Wer brengt mir a Papier auf's Häusla?
Wer drägt s'Holz von dr Hütte rei?
Und wer schüred en dr Stuba ei?
Wer raumet auf m'Hof und Tenna?
Wer fuadrad dann dia Säu und d'Henna?
Wer melkt dia Küh, laud Kälbla saufa?
Wer schiabt da Mische naus bis zum Haufa?
Wenn i a arga Gripp gar hät,
wer däd a Bettfläsch in mei Bett?
Kocht mir en Tee, deckt mi guad zua
ond sorgt, dass i au hau mei Rua?
Drom bitt i die, bleib du doch dau!" -
Sie sed: „Du kasch mi gera hau!"

Sie ischd verreist, läßd sichs guat gau.
Ihrn Alda haud sa schmoara lau.
Der isch indessa dauhoim rom gsessa,
an koim Dag mid ma warma Essa.

Agnomma haud er glei zwanzg Pfond,
des war aber für ean ganz gsond.
Nauch vier Wucha war er kuriert

ond haut sie id amaul schiniert,

Reumütig haut er s'Weib zruck gholt,
haut ihr vrsprocha was sa wollt,
haut nema grantled und kritisiert,
dia Kur, dia haud sich doch rentiert.

Der Wink mit dem Zaunpfahl!

Dia Fasnachd ischd izd mea em Land,
wia ihr wisd, alla beianand.
Drom send mir Alda zema komma,
hand ons zom feira Zeit genomma.
Ond in der Fasnachd ka ma saga laut,
was ma aufm Herza haud.

Narrenfreiheit ist uns also erlaubt,
ond i mach au drvon Gebrauch.
Auf da Nägl brennt mir des Thema scha lang,
drom i glei mit meim Wunsch afang:

Der Pfarrgemeinderat ist damit a'gschbrocha:
Mir alda Kirchgänger däded drauf pocha,
doch, endlich dia Kniebäk polstra lau,

i sonst gar koi anders Anliega hau.
Die meisde Kirchegänger send doch Alda.
Dia Männer hand all em Krieg Leida erhalda
ond d' Weiber hand in der Zeit arbeda miassa,
für ofd zwei, - izd miassed sa s biesa.
Der Reismatheis in ihra Knocha sizd
Ond mancher vor Weataga oft au recht schwitzt.
Mit solcha Knia auf di hede Bänk na kniegla,
des ischd warhaftig koi Vergnüga.
In dena Gmoida om Dürka romm,
send Bänk all polstred, - dromm,
nemmeds mr id kromm,
dass des wahrhaftig viel wichtiger wär
als den Vorplatz um z modla[144] – des wär mei Begehr!
Des kened dir später allweil no macha,
doch dia Bänk, des sind doch wichdigra Sacha.
Mir däded gera au opfera dafür,
drom lieabr Pfarrgemeinderat[145], überleg es dir,
dass des endlich in Angriff wead gnomma.
Mir däded no liabr en d'Kirche komma.
Dromm hau i des heid vorbrenga miassa.
Es soll ganz gwies neamed verdriasa.
Aber ma muas au manchmaul mit dem Holzschlegl wenka,
dass dia Verantwortlicha an alda Knie au a maul denket.
Drom bitt i die Pfarrät nomaul von Herza,
erlöst eis von dena Knieglschmerza.
Dir wered all au amaul alt.
Eisera Knia send dann lang scha kalt.
Ons Alda sind dir des oifach schuldig.
Mir hand izd so lang gwaded geduldig.
I muasd des mir von der Seal amaul rede.
Vielleicht duads drzu an Anstoß geba.

---

[144] Unter Pfarrer Albert Leinauer wurde der südl. Vorplatz von der Pfarrkirche umgestaltet.
[145] Zuständig hierfür wäre freilich die Kirchenverwaltung!

Meine Heimat

Im schönen Wertachtal, dau ist mei Haimatort,
dau ben i immer gwest, dau gang i nemmer fort.
Dau kenn i alle Leit und kenn au jeden Baum,
von meiner Kenderzeit, i manche Nacht no traum.
Wia i als jonger Mensch, mei Türkheim durft erleaba,
dös möchte in kurzem Reim, i euch jetzt wiedergeaba.

Wo i an Muaders Hand, zom ersta maul bin ganga,
dean Weag in d'Kirch ond d'Schul und wia's ischd
weiterganga.
Ja, so a Dag war so, ond haud so angefanga:
Mir sind no voar der Schul in eiser Schulmess ganga.
Von dau aus ging's in d Schual, dia Schwestra hand ons
glearned,
was ma im Leaba braucht, ob d' Herr bischd oder deanesch.
Ond war dia Schual nau aus,
zom Kloster gings im Saus.
Dau ham mer zoga am Gloggastrang
Dr Pfordner kommd drauf gar id lang
ond jedes Kend, ob arm, ob reich,
haut kriagt sei Brot, dau war mer alle gleich.
Mit dem Stuck Brot sind mir durch s'Doar[146] na zoga,
send übers Bächla ghupft, ond manchmaul au neigfloga.

Des Bächla, des war unser Freid.
Em Kloastergada haut sich s teilt:
Oi Strang, da ussra Flecka na,
dr andre Teil lief d Hauptstrauß ra.
Ma haut s au braucht zum Strauß eispritza.[147]

---

[146] Ludwigstor
[147] Im Sommer waren die Straßen besonders staubig. Man spritzte deshalb
„Bächlawasser" auf die Straßen.

I sieh mi heit no am Bächla ded sitza.
Wenn 's war recht heiß, hau mr nix denkt,
schnell d'Sandala ra und d'Fias ins Bächla ghenkt.
Au eiser Franz[148] ischd oft dett gsessa
ond haut am Aubed d'Fiaß denn gwäscha.

Der Pfarrer unserer Jugendzeit,
dös war der Westner, liaba Leit.
Er war a guadr Freind ons Kender
und au sei alter Mesmer, Linder.

Wia waret doch dia Festtag schea,
für mi haut's gar nix scheners gea:
Dia Christmetta und s Krippela,
dia Faschdazeit und Karwucha,
Karfreiteg war dia Kirch ganz nachd,
dös hl. Grab – a wahre Pracht.
Und wia der Herr erstanda ist,
dau strahlt dia Kirch en hellem Lichd!
Hauschd selda ebbas schöners gsea:
zeascht road, nau grea, mei war dös schea.[149]

Fronleichnamstag war schea id mender,
a Freid für Männer, Weib ond Kender.
Dia Prozession von dr Kircha naus,
geschmückt war dau a jeds Haus:
Girlanda, Kränz, weißroata Fahna,
a Grasteppich mit greana Bahna.
Dia ganza Kender voana dra,
mit Kränz, hand weißa Kleidla a.
Ond Buaba in da blaua Hosa
hand grad ausgsea wia Matrosa.
Dr Pfarrer ischd unterm Himmel gschritda,

---

[148] Eimansberger
[149] Bei der Auferstehungsfeier in der Pfarrkirche wurde ein „bengalisches Feuer" abgebrannt, welches in verschiedensten Farben leuchtete.

ond hean ond dean wared d'Levitda.
Glei em Gefolg send dann d'Kapuziner komma,
d'Briadr bis zum Guardian, all hand teilgenomma.
Dös waret Männer mit Format,
a jeder glei an solcha Bart
ond d Kutta waret z'eng faschd schier,
dank dr Fenda[150] ihrm guada Bier.
D' Kloasterfraua wared damals a groaßa Schar,
en heitiger Zeit send sa eher rar.
Der Kirchachor ischd naucha komma,
mit seine Herren und vor allem Dama.
Nau kommed d Männer, so war es Sitte,
glei hinterm Chor, schea in der Mitte.
Der Bürgermeischdr ging vora,
dr Gemeinderat schloss sie eam a.
Allsand mit Frack und Hochzylinder,
wia haut dös imponiert eis Kender.
Dia Weiberleit fast allmidnand,
dia wared dau em nuia Gwand.
Ond wer bei Kasse id so guad,
trägt wenigstens en nuia Huat,
gar oft so groaß wia Wagaräder
ond oba drauf a Straußafeader.
Dös war, i muaß dös sage dau,
fürwahr, die reiste Modenschau.
Mid m Beada war's oft id weit her,
s haut gar so viel zum schaua gea.
Dauhoim hat's nau a Festmahl gea,
s ischd damals no dia Ausnahm gwea.
Kaffee ond Kuacha, Zimmetküachla,
grad so wia aus da Bilderbiachla.
Der Wachtmeister Martin, es ist gar koi Frag,
war dekoriert an so ma Dag.
A blaua Uniform haut er traga,

---

[150] Fendt war Besitzer der Rosenbrauerei.

mit goldna Tressa om Arm und Kraga,
an Säbel ond a Pickelhauba,
dös war a Blick, gar id zom glauba.
Stifletta, d' Hos mit Bügelfalda,
so hau i'n in Erinnrung bhalda.

Am Sonntag nauch der Kirch haut er vermeldet laut,
was der Bürger im Rauthaus zom zahla haut,
dass d'Hundssteuer fällig, der Wasserzins au,
dass Tollwut ausbrocha ond Kuaseich dau.
S'Freibankfleisch haut er ausglogga miasa
ond wenn a Soldat gsorba ist, muaßd'r schiaßa.

Es waret scheana Zeida, es war a ruige Zeit.
Ma konnt im Ort alls kaufa.
A jedes Handwerk war au dau,
zom Kraumer war's id weit zom laufa.
Mir hand au ghet Amtsgricht, Finanzamt ond Notariat,
Beamte grad gnua, es war bei eis id fad.
Blos oin haut ma id geara gsea,
s'ischd der Grichtsvollzierher gwea.
D'Fabrik war dau ond d'Ziegelei,
a Kalchofa obeadrei.
Bei jedem Wiad a Kegelbah,
da Weibr zom Ärgr, a Freid für da Maa.
Zweimaule m Jaur ist Jaurmarkt gwesa,
vom Geiselstecka, bis zum Besa,
konnt ma dau wirklich alles hau,
konnt Truller fahra, danza gau,
ma haut halt kauft, bis s Geld war weg,
a Magabrot, an Bäradreck.
A Brotzeit haut ma kauft beim Seber[151],
beim billiga Jakob Hosaträger.

So isch's langsam Herbst nau woara,

---

151 Türkheimer Metzgerei

dauhoim war au scha Hei ond s'Kora,
dia Hiadafuir send erloscha,
überall haut ma s'Kora droscha.
En dera Zeit ischd d'Wallfahrt gwea,
dia war au jedesmaul so schea.
Viel Hundert hand dau d'Händ aufghoba,
voller Sorga, en Loreto doba
und manches leidgeprüfte Herz
haut Hilf erfahra in seim Schmerz.

Kapuziner wared au no dau:
Zu Ehren unserer Lieben Frau
hand dia Maiandachda ghalda,
Beicht ghert bei Jong und Alda.
Auf deam Gebiet sind arm mir woara,
hand alla Ordensleit verloara.
Dia hand oifach zom Flecka gheard
ond waret uns doch soviel wert.

Es isch schon vieles anders woara,
manch Stück von Türkheim ging verloara.
So manches Haus ist scho verschwunda,
I hau's bis heid no id verwunda.

Beim Abbruch von der Buabaschual,
dau haud's mi grissa schier vom Stuhl.
A Supermarkt staut dau jzd detta[152]
als ob mir drvo id gnua schau hädded.

D'Hauptstrauß isch ja so ganz schea,
wenn mir au hand koi Bächla mea,
des isch fud, s'derf nemma muggsa
ma heards blos no em Rohr dond gluggsa.

---

[152] Die „Bubenschule" stand in der Bahnhofstr. 4. Nach dem Abbruch
errichtete hier ein Supermarkt ein ebenerdiges Geschäft. Später wurde es
von der Druckerei Huber gekauft und genutzt.

Au d Pfarrkirch isch so wonderschea
I hau no nia a scheanra gsea.
So herrlich mit viele Bluama gschmückt, des liegd an
onserem Mesner.
Ma haut mi tauft in deara Kirch, hier empfing ich Gottes
Gaben.
I liab mein Kirch, mein Heimatort ond wär au dau begraben.

So komm i langsaam an mei End, wias einst im Flecka
gwesa,
wo man no wirklich zfrieda war ond gfahra d'Leit in
Scheesa.

Doch ischt di liebe alte Zeit,
leider längst Vergangenheit
Ond ist der Vers au id vom Schiller,
für mi war des ganz gwies koi Knüller,
für mi war dös Musik em Ohr
und wer dau lachd, des ischd a Tor.
Ma denkt a Leaba lang mit Freid,
an sei schöna Kenderzeit.

Gewidmet meinem Heimatort Türkheim
Paula Jakwerth, geb. Sauter
(Auszugsweise erschienen in TH)

Wia's frianr en dr Landwirtschaft war

Ma haud viel gschriba in eiserm Land
über den ehrbaura Baurastand.
Er nährt das Volk und pflegt das Land,
er ist des Herrgotts rechte Hand.
Doch schwer haud's dr Baur friahnr ghett.
Er haud si plauged, von früa bis spät.
Im Friajaur scha haut d'Arbed agfanga,
kaum war dau grad dr Schnee verganga.
Dia Männer hand garbed em Wender em Wald.
Dia Weiber hand's Daas ghackd, au wenn's war recht kalt.
Da Mischd muas ma reiba, ond aufrecha au,
em Nu war die Zeit zum säa mea dau.
Kartoffl muss ma von Hand no lega,
dia Riaba säa, hacka ond pflega.

Om s'Grünfudder holla, muas man om viera scha raus,
dia Schulkendr miassed am halb achd ausm Haus.
Da ganza Dag war des oi Sprenga,
wia soll man sonschd au dia Arbed zwenga.
Inzwischa ischd der Heiad komma.
Es haut der Dag kein End mea gnomma.
Wozu sa heit Maschina hand,
damauls muas's gmacht wera alls von Hand.
Nauch dr Stallarbed no dia Fuder alada,
em Stock dob in dem Hai rum wada.
Hondsmiad bischd gfalla nei ens Bett,
ma haut dau braucht koi Schlauftablett.

War's Hei dauhoi, haut ma d'Wasa gstocha.
D Muddr muas ihra Beerla eikocha.
Gstöbred haut ma's ganze Haus,
die ruhige Zeit war schnell mea aus.

Bei dr Ernte, dau muas ma mea sprenga.
wenn ma will s Kora gut no reibrenga.
Bei der Hitz, da ganza Dag, semmla und Büschala benda.
Da ganze Dag auf m Feld, des war was zum Schenda.
Der Schweiß ist dr aus alle Bora krocha
Distla ond Breama hand oin fürcherlich verstocha.

Mensch und Vieh wared froh, wenn kommd dr Aubed
drher;
Gott sei Dank, der Acker war leer.
Zwischa nei, haut's müssa mea alls verrenga,
tags drauf haud ma's Kora mea drikna kenna.
Was haut ma dau umsonschd arbede miasa
ond s durft oim dennoch id verdriasa.

Dr Baur sei Werkstatt em Freia haud.
S'Wedder haud'm manchmaul zur Verzweiflung brauchd.
Im Herbst haud ma Kartoffl ond Riba ernda miassa,
alles von Hand, dau kanschd deina Sünda biesa.

Küha miased auf d' Weid, au bei Reaga und Wend,
des war nauch dr Schul, a Arbed für d'Kend.
So isch langsam Spätherbst wora
ond all Haus haut ma droscha s'Kora.
Scha war mea dia Kirchweih dau,
i erinnra mi gnau
Dau hauts gea en guade Schmaus,
zum mindest aber a groaßa Gaus

Mit da Ross send dann dia Felder umgackred wora
Ma muas ja no säa as Wendrkora.
Dia Mischdhäufe verführ.
Es ka ja jeden Tad scha gfriera!
Ond isch dan gfalla der erschde Schnea,
hauts dia Arbei drauf zudeckt - mei des war schea.
Dia Fraua hand jezd mea Zeid ghed zom stricka

d'Kartoffelsäck muas ma auch no wäscha ond flicka.
Auf Weihnächda fing man au a zom bache,
ond zom kloina Gschenkla selber macha.
So ist des Jaur beim Baura normal verloffa,
doch wehe, wen ist a Krieg ausbrocha.
Dia Männer miased fud, von heit auf morga,
dia Weiber wared plötzlich aloi mit Arbed ond Sorga.
Em Stall, auf'm Feld, aloi mit da Kender send sa gwesa.
Der Jüngste isch gar no in dr Schesa.
D'Frau muas selber lenka Ross ond Waga.
Dia Hauptlast muas sa aloi no draga.
Ond ist dr Ma nemma hoi komma vom Feld,
brach für sie zema die ganze Welt.

Sie haut nemma gheirad, da Kendr zliab,
haut verzichtet auf a neues Glück.
Alloi muas sa weidr schalda und walda,
da Kendr sollt sa die Hoimad erhalda.
Sie ischd drbei wora ald ond krank
ond haud drfür ghet oft koin Dank.
Dia Händ voller Schwiela ond au dr Rucka
duad wea vom viela Arbeda ond Bucka.
Von der schwera Arbed ganz kromm,
des war a stilles Heldentum

Gar manche Frau hät dafür verdient en Orda,
doch über dia Opfer ist wenig geschrieba worda.
Koin Urlaub gab's damauls für Bauraleit.
D Mudr haud für sich selbr nia Zeit.
Ond trotzdem war ma mehr zfriener wia heit.
So wars bei da Baure, s ischd id übertrieba.
Für d Nachwelt hau i des aufgeschrieba.
Hau's selber erlebt, wie i's hau beschrieba.
Die Erinnerung an dia Zeit, dia isch mer blieba.

Türkheimer Gschichtla

I ben a echts Türkheimer Kend
ond wenn Ihr von mir was wissa wend
was z'Türka friar ischd passiert,
verzähl i's ui ganz onschiniert:

Dia Weiber ond Männer, des war det a Greff,
hand au ihra Fehler und Laster kett:
Draus send entstanda gar lustiga Sacha,
ma ka dau heit no drüber lacha.
Drom höred was sich zugetragen
in deana längst verganene Tagen:

Ihr wissed, es war a Schmida dau[153],
dia haut regiert an rescha Frau.
Ond s'Töchterla, id weniger nett,
haud damauls scha en Reitgaul ghed.
Dia Schmida war a fürchtiges Leit,
der kommt nix aus, zu jeder Zeit.
Bei Tag ond Nachd, wenn sich was rührt,
haud d'Neigir sie ans Fenster gführt.
Dia jonga Leit von dera Strauß
dia saget sich: „Der treib mer's aus."
Ond en der Nachd sind sa nau komma:
Di Rache haud sein Lauf genomma.
Beim Meza Hans[154] send Säck hus ghanged,
dau hand sa glei n solcha glanget.
Dean Sack haud ma em Bächla tränkt
ond wia a Girland auf zwei Stanga ghenkt.
Zwei Kerl hand des Gstell am Kreuzstock plaziert,
dia oina hand laut randaliert.
Prommt gaut des Kamerfenster auf
ond d'Schiema steckt da Grend heraus.

---

153 Henslerschmiede, Kirchenstr. 22
154 Kirchenstr. 27, heute abgerochen.

Sie zichad schnell dia Stange zurück
ond d'Schmieda haut da Sack im Gnick.
Des war a Schrecka und in dem Haus
Guckt neamed mea beim Fenster raus.

Drob in der Oberjäger Strauß,
dau war em alda Seitz sein Haus.
Der haut amaul en Baula ghet,
mit deam war's sch a richdigs Gfrett.
Em Frühjaur, wenn dia Zeit war dau,
dr Baula schreiben: „miau, miau".
Ond easchd bei Nachd, des Kautzagschrei,
des gaut eam ganz schea auf da Geisd.
Der Seitz hat denkt, i duas probiera
ond wär dean Baula halt kastriera.
Der Katz isch des id guad gekomma.
Sie haud a traurigs End genomma.
Der Seitz – i hau en sell no kennt –
haut ma seitdem da Baulaschneider gnennt.

Em Scharpf, dem isch es ähnlich ganga,
dr Mader haut eam d'Heala gfana.
Mit Karboniläum streicht er's drom a,
dass dr Marder koin Appetit fendat dra.
Dia Heala hand em Marder nemma gschmeckt,
doch am Morga wared sa all verreckd.

Der Himr Jackl[155] war so a Ma,
der wirklich alles beschdla ka:
A motorisierte Mähmasche,
des war em Jackl sei Idee.
Er haut au oina konstruiert,
des Ding haud wirklich funktioniert
ond weil er viel Zeit em Wendr haut,

155 Türkheimer Heimatblätte, Heft 85

haut er en der Stuba en Schlidda baut.
Er war scha fedig, aber o Graus,
der Schlitta gaut id beim Türstock naus.
Er macht's so und so, probiert alles aus,
er brengdn um s'verrecka id naus.
I ka dean Schlidda id von dr Stuba naus traga
ond muß en glatt mea zema schlaga.

Der Kasimier oder Flecklama
sich id gar viel leisda ka.
En haufa Kend, blos a paar Kiah,
des Geld will em hald langa nia.
Will neaba zu no was verdeana,
drom duad er Leichaträger wära.
Dau gibt's Geld und ischt d'Leich aus
au no en guada Leichaschmaus.
Dean haud der Kasimir genossa,
haud etlichs Bier in sich neigossa.
Em Sommer war sei schlemschde Zeit,
dau sterbed gwöhnlich wenig Leit.
Koi Geld und au koin Leichschmaus,
des hält der stärkste Ma id aus.
Er beaded fest en seiner Noad:
„Herr gib uns unser täglich Brot,
drom liabr Gott, lass mea oin sterba,
dass I mea ka a Geld erwerba."

In jedem Ort haut's so en Ma,
ma id n Frieda mid m leaba ka.
Au z'Türka haut's en solcha khet,
vor'm Hira haud dr ket a Bret.
Haut alls und jeden kritisiert
ond immer mit oim prozessiert.
Dia jonga Kerl, dia machet aus,
dem Streithansl deam treib mers aus,
deam unliebsamen Zeitgenossen,

deam spiel mer amaul en Possa.
Ond en ra rabaschwarza Nachd,
hand sa drmit glei Äreschd gmacht.
A Lachafass, no ebbas denna
- sie hand's grad no verschieaba kenna -
hoila fehd ma's an d'Haustür na,
da Stopsel biendet sa an dr Türschnalla a.
Am Morga will der Ma d'Haustür aufmacha,
reißt da Stopsela raus ond in Hausgang nei laufd d'Lacha.
Des haud den Streiter gründlich kuriert,
s'ischd seit deam bei em nix mea passiert.

Dr Wild Michl, ihr hand en vielleicht no kennd,
ischd mit m Fahrrad en a Auto grennt.
Des war damauls a offenr Waga,
a Kabriolett dät ma heit drzua saga.
Der Michl ist em hoha Boga,
kopfüberscha ins Auto gfloga.
Zwei Damen fiel er auf den Schoß,
dr Schada beim Michl war id groß.
Die Weiber send ganz schea verschrocka:
a aldr Ma, bloß in da Socka,
Pantoffl schwemmed s'Bächla na
sonst ging der Looping glimpflich a.

Em a kloina Bäurla isch's passiert,
haut Ärger mit em Gmoidsrat kriagd,
haud protestiert und en seim Zora
ist er zum Attentäter wora:
Fährt eines Tags vors Rauthaus na
ond läd a Fuadr Misch dau a.
Der Hailer[156] kommd bei'r Tür grad raus,
ond sichd dia Bescherung vor m Haus.
„Bischd id ganz gscheid", set er zom Ma

---

[156] Türkheimer Bürgermeister 1975 - 1982

ond dupfd deam an sei Hira na.
„Den Mischd, den duaschd iazd schnell mea weg,
mir brauched doch von dir koin Dreck!"
Ond fügt dann au no dazu:
„Mir hand em Rautshaus Mischd sell gnua".
Wer haud'n id kennt da Durama?
Er war a wackrer Zimmerma.
Er ging au ab und zua zom Kada,
spielt 66, Tarock ond Wadda.
So isch es au a maul passiert,
dr Gutzer haut en hoiwärts gführd.
Ond wia sa standet vor seim Haus,
guckt grad sei Weib beim Fenster raus.
Dr Nauchbaur denkt, des geid a Hetz,
dean i jetz glei en d'Nessla setz.
„Komm August, mach dir id viel draus,
weil hauschd verlora zea Maus,
a anders maul weasch au mea gwenna,
des hät mir au passiera kenna."
Sei Weib machts Fenster zua em Schrecka
ond suachd glei nach ma guada Stecka.
Haut en verdroscha nauch Strick und Fada,
a narrets Weib kennt koina Gnada.
S war alls verloge und verstonka,
dr Nauchbaur hat recht glacht und gwonka.

Beim a Haus, im ussra Flecka dus,
em Juni staud dr Christbuam hus.
Er haut koi oiziga Naudl ket,
so staud'r nacked auf seim Brett.
Am nächsta Morga, o Jammer, o Graus,
zichd dr Kamie nemma in deam Haus.
Ma rauded hin, ma rauded her,
was wohl dafür dia Ursach wär.
Der Bauer luagd ond was sieht er mit Schrecka,
dr Chrisbaum duad em Kamie denn stecka.

Dr Kläsla fährt auf Müncha nei,
löst endlich sei Versprecha ei:
Sei Weib will's Oktoberfest amaul sea,
a Bayer ka des guat verstea.
Wia sie so auf der Theresienwies staut,
dia Kläslara brengt koi Wort mea raus.
Sie sed ganz fassungslos zum Ma:
„I des faschd id begreif ka,
was für a Haufa Leit dau sind,
dia standet ja glei Grend an Grend!"

Am Sonndemorga ischs passiert:
D'Leit sind in d'Frühmess nauf marschiert,
aber alle bleibed a ma Schaufenster stau.
Dau muas's doch ebbes bsonders hau?
Ja, all hand so herzlich glachd,
a Katz haud kätzled in der Nachd.
Zwischa Kleiderstoff aus Woll ond Seida,
dau konds dia Mitz doch recht gut leida.
En guada Gschmack haut's Kätzla ghet,
wirklich a nobels Wochenbett.

Bei da Kapazenr wared Handwerksleit,
Maurer und au Zimmerleit.
Ma haud en groase Saustall braucht,
drom haut ma glei en nuia baut.
Om zehna haud ma Brotzeit gmacht,
dr Gädner haut jedem en Räda bracht,
dean haut ma beim Bäuerla zur a Halba gessa,
manchmaul isch ma au länger gsessa.
Em Maierla Stefa hand so - o Graus -
da Räda aus m Jupasack raus.
Drfür hand sa en Ratz nei gschteckd,
der haut wia dr Räda da Schwanz raus gstreckt.
Ahnungslos, wia dr Steffa isch,

will er lega sein Räda auf da Tisch.
Es haut n troffa schier dr Schlag,
weil statt dem Räda d Ratz vor m lag.
Dau kriagd er en Zora, ond zwar koin kloina.
Ond des Gelächtr von da oina!
Er nemmt sein Messer, zack, zack, zack,
schneidr raus da ganza Jupasack.
Der Steffa wollt in aller Ehra,
amaul a Kapuzener wära.
Auf Probezeit hand sen auf Altötting geschickt,
doch dia isch em total mißglückt.
Auf Gehorsam und Geduld ist er testet wora,
doch dia Prob haud er sauber verlora.
S'Brennholz muß er en Boda nauf ziacha,
der Bruder der dob war, läßt alls mea na fliega,
so oft er's au naufzichad,hauts der's mea ra geschmissa,
dau isch em Steffa dr Geduldsfada grissa:
„Du Sakerment, was fällt dir ei,
was soll denn des zum Deifl sei?
Was moischt, wia oft i's no nuf ziach,
du bischd vielleicht a dommer Siach."
So war der Sanftmutstest verlora,
er isch koi Kapuznber wora.
Mea hoi auf Türka ist er komma,
haut d Rosi dau zum Weible gnomma.

Seim Bruadr, em Sepp, isch's beim Ackra passiert,
die Mähnstuck hand gar id parriert.
Dau kriagt der Gute au en Zora,
er packt des Rendviech bei da Hora,
haut s Halfdr schnell auf d Zeida grissa
ond dr Kua ens Maul nei bissa.

Dr Sattler Hans kommd vom Wiad spät hoi,
doch leider isch er id ganz aloi:
En Affa haud er no derbei,

so rumpled er en d Kucha nei.
Sei Eheweib, erst frisch verheired,
sitzd traurig auf m Stuhl und heined.
Sie macht eam Vorwürf wegs dem Saufa:
„Was könnt ma alles statt dem Kaufa?"
Der Hans dia Predigt falsch verstaut
ond glei zom Kuchakasta gaut,
reißd Teller raus hauts auf da Boda.
Was haut der Ma für schlechda Moda?
Am andra Tag ischd d'Schwiegermuadr komma.
Dau haud si sich ein Herz genomma.
Haud ihr verzehlt, von seiner Wuad
ond was der Kerl em Rausch so duad.
Die Muddr fangt dau laut a lacha:
„I wisd was hilft und was muschd macha!
Wenn der dir mea die Gschirr zem haut,
mach's grad a so und möglichst laut,
des hilft bestimmt, i garantier
ond grettet isch des Kuchagschirr."
Ond wia dr Hans mea Teller schmeist,
sie aus m Kasda an Deller reist.
Sie haut en auf, dass nur so kracht,
der Hans ischd prompt vom Rausch aufgwacht.
„Ja, bisch du verruckt?" seht er zu ihr,
„du machschd kaputt des ganze Gschirr".
„Dass des blos weischd", laud sa ean wissa,
„Wenns no maul duaschd,wead wieder gschmissa."
Seit deam gibt's koina Scherba mea,
der Mutter Raut isch heilsam gwea.

Mir send im Herbschd beim Rüb'-naus-do gwesa,
kommd Viehweidstrauß ra a eichena Scheesa.
A paar Molla na gschpannt, i lu ond lug
ond an dr Schees det war a Pfluag.
Wer moinad dir, wer's war mit dem Gefährt?
Dia Gschichd isch s'aufschreiba allaweil wert:

Sixtus [Müller] Buaba sind gfahra komma,
hand si heit s'ackra vorgenomma.
Glei neber eis hand sa des probiert.
Ob ihr Vorhaben wohl au funktioniert?
Dr Richard haut's Leitseil und d'Geisl bekomma
ond haud en der Scheesa Platz genomma,
isch gfahra dia Awand auf ond na.
Dr Toni muas heba da Pflug hindadra.
Des war a Schauspiel, s'schd id verloga,
mir hand eis vor laudr Lacha boga.
Der Sixtus isch Middags midm Essa komma.
All drei hand in der Scheesa Platz genomma.
Wia's renga afangt, wared sa flugs bei der Hand,
hand oifach des Scheesadach aufgschpannt.
Zum Mittagsschläfla war au no Zeit,
des nenn i mir schwäbische Gemütlichkeit.

Dr Sauter war dr gräschd em Flecka.
Dr Schäffler blieb em Wachsdom stecka.
Dia zwei ganget in der Fasnacht mitanander maschkiert,
der Größaunterschied hau scha zum Lacha verführt:
Dr Sauter faschd zwei Meadr groß,
dr Jakobschäffler d'Hälfda blos.
A ungleichs Brautpaar hand sa gmachd,
dia Leit, die hand dau Träna glacht.
Dr Sauter war d'Brau, dr Schäffler Hochzeiter,
zusätzlich ausstaffiert mit ra Leidr.
Dia haut er der Braut an da Bauch na gloined,
dia fiel id um, id dass dir moined!
Steigt d'Leiter nauf mit Schick und Scharm
ond nemmt sein Riesabraut en Arm.
Solcha harmlosa Späßla hauts friaher gea.
Es war damauls au rechd lustig und schea.

Wenn oinr ond oina ging neaba naus,
hand sa a Steinwegala gmacht von Haus zu Haus

ond haut mas id rechzeitig weg mit Schaufl und Besa,
isch des a ganz schöna Blamasch gewesa.
Ma haut a Weil glached und hauds mea vrgessa,
send bald mea a paar andre en dr Paatsche gsessa.
Des handla mit em lange Gwand,
bringt oft a Hauswesa durchanand.
Drom dia Moral von der Geschicht,
verwechsla z'Nachts die Haustür nicht.

Des alls isch passiert in eiserm Flecka
Da oina zum Spass, da andra zum Schrecka.
Ein Hoch dem Schwaubaland und seina Leit,
und der schwäbischen Gemütlichkeit!

19.11.1997

Lebensweisheiten - Ma muas au amaul…..

(in Anlehnung an ein Lied von Willy Reichert)

Ma muas au amaul faulenza kenna,
id blos renna, renna, renna,
id blos schaffa, raff, streba,
neabebei muschd au no leaba;
denn des alls zum Schluß haut koin Senn,
weil in deim letzda Gwand send koina Däscha drenn.

Ma muas au luschdig sei kenna,
id blos schempfa, grandla, flenna,
id blos fenschdra Gsichtr macha,
ab und zua muaschd au no lacha.
Ohne Humor, haud's Leaba koin Gwenn,
denn in der Freid, isch's Salz des Leabes drenn.

Ma muaß au mitmacha kenna,
sich id all dagega stemma,
id blos alles kritisiera,
au amaul was akzeptiera.
Denn wennn neamet ebbes geit,
kommt man nirgends auf n greana Zweig.

Ma muaß au amaul verzeiha kenna,
id blos Hass auf Rache senna,
beim Nachbaur id allawei Schlechtes suacha,
am End den gar no arg verflucha.
Denn des merk diar, liabr Christ,
bei dir, au id alls zom Beschda ist.

Ma muaß au teilhaba kenna,
dem andra id sei Pech vergönna,
deam andra helfa, s'Unglück trag.
Was gauts mi a? id allweil saga.

A tröstends Wort, a hilfreiche Hand,
des brauched d'Menscha all midanand.

Ma muas au ebbes anemma kenna,
wia's halt kommt, so muaschd es nemma,
was dei Schiksal ischd im Leaba,
was dr Herrgott dir haut geaba!
Trag's mit Würde, verzweifla id,
denn der Herr, gaud dein Kreuzweg mid.

Ma muaß zum Leaba ja saga kenna,
sich id am eigne Frust verrenna,
id ständig sage: Was soll des Leaba,
i ka em gar koin Sinn mea geaba.
Was du au bischd, merk dir den Satz:
Gott, stellt jeden an da rechda Platz.

Ma muas au krank wera kenna,
en Schicksalsschlag vrkrafda kenna,
id blos jaumra, klaga, toba.
Vrdrau doch auf den Gott dau doba!
Vertrau auf dean in deiner Pein,
denn der lässd die id alein.

Ma muas au nein sage könna,
id nauch jeder Lust her sprenga,
id hender jedem Rock her jaga,
sich manchmaul au was vrsaga.
Ond hauschd du di en der Gewalt
bist du vernünftig ond weaschd ald.

Ma muas au langsam gau könna,
id blos sprenga, sprenga, sprenga,
id em Trapp en oim fud laufa.
Neba bei muschd au no schnaufa.
Die Hetz, dia haud am End koin Senn,

bei deiner ledschda Fahrt ist au koi Eil me denn.

Ma muas au a maul verliera kenna,
id blos gwenna, gwenna, gwenna,
id blos werka, raggra, spaara,
wenn's fehl gaud, Gsicht bewahra.
Was nüzd's, wenn'd die ärgraschd grea ond blau?
Dua kriegschd blos Magagschwühr und Gallastoin au.

Ma muas zom andra ja sage könne,
id blos gega da Strom nauf schwemma,
an allem hau was auszusetza,
henda rom sogar no hetza.
Denk amaul nauch, wia's bei dir selber ischd,
ob du id so der Allerdümmste bischd?

Ma muas sie au zruckhalda kenna,
id blos spenna, sich verrenna,
id blos maula, protestiera,
wegs jedem Dreck glei explodiera.
Dia Schreierei haud doch koin Senn,
denn in Besonnenheit liegt Lebenskunst denn.

Ma muas alt wära könna in Ehra,
sie id mit Gwalt dagega weara,
id allweil schempfa über d'Jugend,
mir wared au id voller Tugend!
Jonga helfa, über dia Krisazeit,
nau wäred dia au brauchbara Leit.

Ma muas au a maul danka kenna,
id alls für selbstverständlich nemma,
dein Mitmensch haud manchs für di doa,
bedankt die, s'bricht koi Zacka aus deiner Kroa.

Ma muas au andra helfa kenna,

id blos immer selber nemma,
deam Nächsda au a maul was geaba,
mancher haut's gar schwear im Leaba.
Dia geizig send, die mag der Herrgott id,
au dia, nemmed am End nix mit.

Ma muas au zuahera kenna,
wenn ischd oinr en dr Klemma,
wenn er sein Kommer von der Seal reda will,
hör eam zua, sei mäusla still.
Wenn's in deinr Macht gar staud,
hilf eam, gib eam en guada Raut,
dua eam au was Tröstlichs saga,
dass er ka sei Last au traga.

Ma muas au ebbes verkrafda könna,
id kopflos durch dia Gegend renna,
lieber easchd Nachds drüber schlaufa,
sich id alla Haur raus raufa.
Fang lieber a nomaul von vora
ond wirf id glei die Flint ens Kora.

Ma muas au durchhalda kenna,
doch id glei vor Angst zersprenga,
auf sei eigna Kraft verdraua,
hoffnungsvoll en d'Zukunfd schaue.
Denk an dean Spruch von Christoph Schmied!
„Du selbst bisd deines Glückes Schmied."
Ma muas sich au Zeit lassa kenna,
id blos alles stur erzwenga,
in Geduld sich manchmaul üaba.
„Kommt Zeit, kommt Rat", so steht's geschrieba.
Wenn oinr ka koi Ruh id geaba,
weads manchen Schlag gea in seim Leaba.

Ma muas au a bissla modern sei kenna,

id blos am alda, herkömmlich hänga.
Dia Zeit veränderd sich, wia d'Moda,
überall geits nuia Methoda.
Em oina gfällts, em andra id,
sei id so stur, mach trotzdem mit.
Da Alda z'lieb au a maul was vom Alda!
So sott ma's au en der Kirche halda.

Ma muas au stillhalda kenna,
dia Hast ond Lebensangst verdränga.
Gott danka, für den scheana Tag,
der di beschenkt, ohn Sorg und Plag.

Ma muas au id neidisch sei kenna,
andra Leit au was vergönna,
id als da eigna Kraga naschlicka,
könnst am End doch dra versticka.
Id blos du muaschd wuchra und prassa,
da andra sollschd au leaba lassa.

Ma muas au mit da Händl schlussmacha kenna
ond über sein eigena Schada sprenga,
en Streit beenda, so langs ischd no Zeit,
denn später duads dr am End dann leid.

Ma muas au seina eigena Fehler eiseacha,
mit sich selber ens Gericht amaul geha
ond fendschd du bei dir so manche Unebenheit,
des hilft dir, von deiner Selbstherrlichkeit.
Ma muas au a maul von Herzen fröhlich sei könna,
en dr Fasnacht gar a bissla spenna,
a Weila [= Wein] drenka, herzlich lacha,
amaul en richtiga Blödsinn macha.
A aldr Mensch braucht au sei Freid,
drom seid heit luschdig, lieba Leit.

Bedenkt…: ma weiß dau nix gnaus
für manchen isch s'Leaba bald aus.
Drom, dond uis hendr d'Ohra schreiba:
En allem blos id übertreiba.
Seit guten Muts zum frohem Sinn,
des wünsch i ui auch weiterhin!

Seniorenfasching

Im Pfarrheim, dau isch heit was los,
d'Senioren feired Fasnacht groß.
Ab sechzig hauts dr Pfarr eiglada,
heit kenn mr em Humor eis bada.

Dau gang i au, hau i mir denkd,
em grauen Alltag, Freid des brengd,
ond dass des Festla soll au glenga,
muas i sell an Humor mitbrenga.

Dia Zanna ond dean falscha Blick,
dia hau i sowieso so dick.
All dia, dia sich verkleidet hand,
em nobla oder lusdga Gwand,
all dia, dia send heit leicht verrückt,
dia oimaul em Jaur dr Haber zwickt,
denn oimaul em Jaur haut ma frür scha ghärt,
a alda Kuh no narred wärt.
Zu deana, gher I leider au,
wenn ma's bedenkt so ganz genau.
I dua hald au no liabr lacha,
als all a fenschders Gsicht namacha.

D'Raucha Lena kommd bestimmt maskiert.[157]
Fräulein Axmann ist hoch dekoriert.[158]
Frau Moos isch au nett beianand.[159]
Maschka, siet ma allerhand.

I sell heit Miss Marpel heiß
gar viel von Kriminalistik weiß.
Drom ist mir auch schon sonnenklar,

---

[157] Vgl. Türkheimer Heimatblatt, H. 42, 43; Weitlauff, Manfred (Hrsg.):
Tagebücher und Notizen von Joseph Bernhart, Weißenhorn 1997 (vgl.
Register)
[158] Grete Axmann war Lehrerin und ledig, deshalb „Fräulein".
[159] Frau des ersten Schulleiters des Türkheimer Gymnasiums.

wer bojkotiert den Superstar.

I hau a groasa Panik ghett,
vor laudr pressiera, hau i's Gebiss verlegt.
Wo send so mea, die blöda Zäh?
Hl. Antonius i bitt die schea,
führ mi doch an die Beiser na,
daß i endlich futt gau ka!

Dau bricht der Straps von meim Korsett,
Laufmascha mached mei Pech komplett.
Doch haut sie alls mea macha lau,
i konnt endlich zur Fasnacht gau.

Vergess mer heit die Alltagssorga.
Mir lebat so blos mea auf morga.
Drom, das Gebot von zwei bis acht,[160]
Humor hat der, der trotzdem lacht,
isch oim au id all weil zum lacha,
doch heit, lammer's so richtig kracha.
Gesuch an das kath. Pfarramt Türkheim

Ja, liaba Leit, s'ischt it zom lacha,
s'passieret manchmol domma Sacha.
Dies ist der Anlass von meinem Schreiba
Und soll nicht ohne Wirkung bleiba.

Au in der Kirch it sicher bist,
ob die amaul a Unheil trifft.
Gang i in d'Mess, d'Seele zu erquicka,
verspühr i plötzlich da Maga zwicka.
S'heart nemma auf, es ist a Graus,
dau gibt's nur ois: Ich muass schnell naus.
S'ischt wirklich allerhöchste Zeit,
vor's da no was zom Schmecka geit.
Doch iazt wo na, ist hier die Frage,

---

[160] Der Seniorennachmittag dauerte von 14 bis 20 Uhr.

in meiner so prekären Lage.
Wohin soll ich in meiner Not,
wenn schon die Katastrophe droht?
S gibt leider hier, an diesem Ort,
kein Örtchen für gewisse Not.
So lenk ich eilig meine Schritte,
hin, zu der heimatlichen Hütte.
I renn und renn, weil's so pressiert,
doch vor der Haustür isch's passiert.
Was passiert ist, wollt Ihr wissa?
I hau mir glatt in d Hosa g… [gemacht].
Drum die Moral von der Geschichda,
dond endlich a WC einrichda!
Ma ka si doch – des muas ma saga –
um Kirch romn, id en d'Büsch neischlaga,
denn Kender und easchd rechd dia Alda,
dia kennats nemma so guat halda.
Schiebat den Notstand it auf d'lange Bank
Im Namen aller Betroffenen - vielen Dank!

Lobrede auf die Pfarrei

Werte Festversammlung, meine sehr geehrten Damen und Herren!

Heute ist für unsere Pfarrgemeinde ein großer Tag. Wir feiern die Enthüllung und Inbetriebnahme einer Einrichtung, die bis jetzt einmalig in der Geschichte unserer Marktgemeinde ist. Es handelt sich hier um eine Institution auf die die Menschheit nicht verzichten kann. Könige, Fürsten, Bürger, Bauern und Bettelleute, sogar der Papst in Rom, samt seinen Kardinälen, kommen nicht umhin, diese Stätte der Befreiung von allzu menschlicher Drangsal in Anspruch zu nehmen und, wo selbst der Kaiser sprichwörtlicher Weise zu Fuß hin geht. Nur der, der schon einmal in fliegender Eile und höchster Bedrängnis, buchstäblich in letzter Sekunde, die Erlösung verheißende Türe mit den bewussten zwei Nullen erreicht hat, wird diese Einrichtung zu schätzen wissen. Ob in Gold, Holz oder Meisner Porzellan, das ist egal, sie erfüllt allemal ihren Zweck. Dass wir heute diesen segensreichen Ort unser Eigen nennen dürfen und der Stein ins Rollen kam verdanken wir dem Malheur einer hiesigen Bürgerfrau, der das Fehlen einer solchen zum fatalen Verhängnis wurde. Wo geheime Kräfte walten, da ist auch kein Furz zu halten und wer schon die nicht gerade wohlriechenden Folgen dieser geballten Urkraft in den eigenen Hosen gehabt hat, wird das Installieren der komfortablen Sitzgelegenheit mit Brille, samt Abreiskalender für notwendig halten. Die rührige Führung des katholischen Frauenbundes nahm sich der Sache an, die uns seit langem unter den Nägeln bzw. in den Därmen brannte. Es wurde auch bald ein passender Standort zur Realisierung des Projekts gefunden, der sich zu diesem Zweck geradezu anbot. Auch ein tüchtiger Handwerker, Bernhard Forster, fand sich bereit, mit kundiger Hand und dazu noch kostenlos – wo gibt es das heute noch? – das Vorhaben in die Tat umzusetzen. Unser aller Dank sei ihm gesagt. Er hat sich damit ein bleibendes Denkmal gesetzt. Und so steht nun das Werk als eine Stätte der Zuflucht in dringendsten Nöten, jedem, ob groß oder klein, jung oder alt, zur Verfügung. Und somit ist die Entsorgung menschlicher jedoch hoch explosiver Abgase, samt Feststoffe, ökologisch gelöst. Wir können in Zukunft ruhigen Gewissens das Haus Gottes besuchen mit der Gewissheit: Im Falle eines Falles einen Ort der Befreiung von allem irdischen Drucke und Drange zu haben und aufsuchen zu können. Und somit taufe ich dich jetzt auf den Namen: Clothilde, Bernhardine, Pauline im Namen der Kümmernis, der Bedrängnis und der Fährnis, Amen. Mögest du immer funktionieren, nie explodieren und dich niemand unschön verzieren oder verschmieren.

Nun die Gebrauchsanweisung für die Benützer des edlen Meisner Porzellans: Auch in dieser edlen Kunst gibt es Dilettanten. Der Künstler trifft auch hier sein Ziel, der Stümper nur die Kanten. War dann umsonst nicht dein Bemühen, so musst du an der Strippe ziehen, mach's Fenster auf, lass Luft herein, der Nächste wird dir dankbar sein. Und somit übergebe ich Clothilde, Bernhardine, Pauline mit einem kräftigen: „Allzeit gut Sitz und gut Treff und dass es niemals zu spät sei" seiner Bestimmung.

1995

Meiner Mutter Hände

So kalt und blass, sind meiner Mutter Hände,
ein langes, hartes Leben ging zu Ende.
Gefaltet liegen sie auf ihrem Schoß.
Ihr Tatendrang, der war so groß.
In ihrem Leben hat sie gelacht, geweint,
hat Freud und Leid mit Gottes Hilf vereint.
Er gab ihr allzeit Kraft zum Leben
und ihrer Hände Arbeit reichsten Segen.

Sie klatschte in die Hände, wenn sie des Lebens Lust
entzückte,
sie hob sie auf zum Beten, wenn des Lebens Last sie schier
erdrückte.
Gott gab ihr einen wachen Geist und schöpferische Hände,
die sie behielt bis an ihr Lebensende.
Ob es die Nadel war oder der Spaten,
sie machten gut, was sie auch immer taten.
Ihr Gottvertraue und ihr Mut,
war ihres Lebens höchstes Gut.
Ihr Tun war klug, ihr Eifer aller Gleichen,
sie wollt in ihrem Leben viel erreichen.

Den Kindern wollt sie stets ein Vorbild sein,
lies sie in ihren Nöten deshalb nie allein.
Strich ihnen tröstend übers blonde Haar,
wenn waren traurig sie und droht Gefahr.
Gab jedem mit ein Fundament für's Leben,
die Lust zur Arbeit und die Freud am Leben.

Dem Vater sie getreu' Gefährtin war,
durch dick und dünn ging sie mit ihm viel' Jahr.
Nun ruhn sie aus, die kalten, bleichen Hände
und dieses Lebens Zeit ist nun zu Ende.

Gott schloss Dir Deine blauen Augen zu
und schenke Dir des Himmels ewig Ruh.

Er mög vergelten Dir, was du für uns getan im Leben
und Dir im andern Leben Fried und Freude geben.

Das Grab von Anna Sauter (1881 – 1940), der Mutter von Paula Jakwerth,
auf dem Trükheimer Friedhof, um 1941

Veröffentlichungen von Paula Jakwerth in denTürkheimer Heimatblättern:

Heft 2. Türkheimer Gschichtla

Heft 29/30: Nur ein Mädchen

Heft 35: Erinnerungen an Türkheim

Heft 48: Metzger / Gemischt- und Kolonialwarengeschäfte

Heft 52/53: Bäcker und Konditoren

Heft 90: Gedichte von Paula Jakwerth